我　为什么
自己的书
一本　没写

Marcel Bénabou
**Pourquoi
je n'ai écrit
aucun
de mes livres**

〔法〕马塞尔·贝纳布 著　黄雅琴 译

上海文艺出版社

给伊莎贝尔

目录

致读者 3

书名 7
第一页 17
归并 31

第一次暂停时间 45

正确用法 47
独一无二的书 59
文字的顺序/范畴/指令 83

第二次暂停时间 105

主人公 109
空白 125
最后的话 131

向读者告别 143

考虑到我的主题的最初定义既要简短,又须蕴含丰富潜能,以使作品的所有部分皆为其附庸,我寻寻觅觅良久;《贝尔芬格》的第一句话耗费了我数年时间。

朱利安·班达[1],《**一名知识分子的青年时代**》

1. Julien Benda（1867—1956），法国哲学家、作家，曾多次获得诺贝尔文学奖提名。《贝尔芬格——散议当前法国社会的审美》是他出版于1918年的著作，但主要写于一战之前。贝尔芬格在恶魔学中是一个会帮助人们发现事物的恶魔。

致读者

Au lecteur

　　书的开篇至关重要。务必用心酝酿。评论家和专业读者毫无愧色地承认，他们评判一本书只看头三句话，如若入不了法眼，那就到此为止，心安理得地开始阅读下一本。

　　就在刚才，您渡过了这个险关，读者。既然此刻我没法再假装不知道您的存在，那请允许我向您致敬，敬您的勇气和冒险精神。您仅凭一个奇特的书名，在不知其究竟包藏何等货色的情况下就投入到未知的阅读中。这体现出一种原来被认为已经过时了的胆略。

　　当然——绝非贬低您的优点——对于本书，您冒的险不算太大：本书体量有限，而且，如果您常常接触乌力波[1]的作品，那印在书封上的名字或许对您并非陌生。

但可能这恰恰又是一个等待您的陷阱。谁知道它将把您带进怎样的征程呢？请容我给您吃下定心丸，解除可能的误解。

您一定认为，无论人类七千多年来（某些专著里肯定印着至少与之相近的估算数据）产出的书籍（各种类型算在一起，从寥寥几页的讽刺小册子到厚重的百科全书）多到何种地步，一个人仅仅因为没有为节节攀升的书籍产量作出个体贡献就标榜自己的独特性，这种做法至少算不得合理；一言以蔽之，没写过书，在您看来，不足以定义一个人，甚至也不足以否定一个人。私以为，对此没人会有异议。

然而，如果我们缩小样本范围，如果我们不去考虑各色人等，只关注特定人群——比如，朋友圈，交际圈，熟人圈，我们每个人在其中活动，在意圈子的评判——那事

---

1. Oulipo，法语Ouvroir de Littérature Potentielle（潜在文学工场）的简写。1960年由法国小说家、诗人雷蒙·格诺（Raymond Queneau, 1903—1976）和弗朗索瓦·勒利奥内（François Le Lionnais, 1901—1984）发起创立，宗旨是打破既有的文学创作的界限，探索文字的新可能。

情又当别论。在一个写作，尤其是出书，已不仅仅是一种行为，而且代表了一种价值（有时是在持久的溃败后仅存的价值）的环境里，自绝于这条道路可谓极不寻常。这种独特性值得考察，因为无论亲朋好友如何反应——愤怒、激动、欢喜、哀伤——他们总会有一些不容忽略的疑问。

为解答这些疑问，有若干方式我无意采择。以下便是一份远非全面的清单：

- 鼓吹口语相较于书面文字的优点；
- 诋毁语言，让文字信誉扫地，为"一切真正交流的不可能性"哭泣；
- 坚持"无法言表"，把沉默奉为最高价值；
- 歌颂生命，与现实肉搏，宣扬两者高于写作；
- 宣讲"无为优于有为"或"在一个注定毁灭和死亡的世界中行动之无用性"之类的理念。

我之所以从没写过一本自己的书，决不是意图和文学一刀两断；我从未把颗粒不收当作实现目标，或把生产乏力当作生产模式。我无意破坏，恰恰相反，我打定主意要遵守图书界的规则。

比如，有条不成文的规定要求作家——更不用谈非作家了——不能出版他们的非著作。因为否则的话，出版家——他们已经不知道该拿成堆的来稿如何是好——就会被如潮的无聊玩意给淹没。大家通常还公认——估计是出于同样原因——一个人只有在故世（并有——至少一点点——名气）之后才有资格有朝一日付梓出版他的未刊稿，那些他一辈子忍不住舞文弄墨积攒下来的乱哄哄的笔记、计划和思考，那些只经过粗加工、有待用于未来作品的毛坯。

上述两条规则，我绝对无意触犯，不论是以何种方式。这并不意味着我试图构建一个范例，用精准决绝的语言来阐述我必须不写书的理由。

本书，如能完工，那将是不同"精灵"（当然是按照苏格拉底的定义）竞跑的产物，疑虑和讽刺的"精灵"该是在最后一刻败给了严肃和信仰的"精灵"。但此时此刻，我是这场竞跑的观众，我还不知道该为哪位竞跑者加油鼓劲。

作者

书名

Titre

书籍就是书名主题的扩展或者说扩展的书名。书籍的内容始于对书名的解释,以此类推。

诺瓦利斯[1]

1. Novalis（1772—1801），德国浪漫主义诗人、作家、哲学家。

《我为什么自己的书一本没写》。很多人会觉得这个书名是个挑衅：我借用并篡改了那个极其知名的标题，其背后膨胀的欲望难道不是希望和雷蒙·鲁塞尔[1]比肩，甚至于（哦，不知天高地厚）以他自居（至少在操作中）？如果是这样的话，那也太幼稚了。半个世纪前，通过一份神秘的遗稿，揭晓自己那些曾经令读者（都是怎样的读者啊！）着迷与困惑的作品的若干制作秘诀（老实说没几条）是一回事；今时今日，想靠着解释那些闻所未闻（原因可想而知）的书为何没有问世来吸引冷漠的大众，则绝对又是另一回事。

　　而且仅是把"如何"替换成"为什么"这一点，在严肃的人（如众人所知，在文学世界中，他们大把存在）看来，就足以表明所有类比的企图都将徒劳无益。

既然不算挑衅，那就是悖论，语言困境最荒诞的产物之一？就像那些仅是陈述一个判断便推翻该判断的句子（人人都能举出几个例子来，再不济还有老生常谈的那一个：宣称所有克里特人都撒谎的克里特人）？本例中，读者（出于表述方便，我们假设至少有一名读者）大可疾呼（当然前提条件是他喜爱此类虚构的对话，这确实是一种实用的手法，早期曾在许多优秀小说中大量运用，后来成为俗套被丢弃，而今借着信息技术的东风卷土重来，改名换姓为动听悦耳的"交互性"），读者大可疾呼，强按怒火告诉作者（让我们按约定俗成的方式来称呼这位和我们对话的人），至少有那么一本书，作者写了，恰好就是他这个读者（也就是您）恰好捧在手里的这本，也就是现在这些不尴不尬的言辞的谈论对象。对此，作者（不管怎

---

1. Raymond Roussel（1877—1933），法国作家、诗人、剧作家。著有《我如何写作自己的某些书》，于去世两年后的1935年出版。

样现在设定为作者的人）可以不费吹灰之力地给出诸多回应，让读者哑口无言的回应——谁都知道，作者通常不会屈尊和读者对话，除非是要借他来显摆自己。

比如作者可以反唇相讥，称文学是天然的悖论之地。一名权威人士不就正好写过，在作家这种人身上，"不安者身边存在着冷静者，疯子身边存在着理智者，与失语者紧密相连的是辞藻华丽的演说家"[1]？不过，这不是作者将要选择的防线，首先有一些不那么严肃的回答角度可供他选择。

他可以强调，这本书的书名并没有看似的那样悖论。当作者声明他没写过一本自己的书，他或许另有他意，这取决于重音落在哪个字眼上：可能他让别人代笔写了书，此类操作并不鲜见，而且现在已不像过去那样丢脸了；可能他替别人写了书，此类操作至少和前述操作一样普遍，尽管体面程度大大不及；可能他喜欢在脑海中构思著作但

---

1. 出自法国作家、文学评论家莫里斯·布朗肖（Maurice Blanchot, 1907—2003）的《从焦虑到言语》。

从未诉诸笔端；以及，可能他曾写过一些通常不能称为书的东西。

此外，他还能辩解说，没人规定要把书中称"我"的那位当成他这位作者。有谁能知道他究竟与人物有多少关联性？我，说到底，只是一个普通词语，一个平常工具——偶尔还挺好用，没人禁止拿它游戏，只要这个游戏不要像有时发生的那样发展成骗人游戏即可。

接着他会透露，为避免为纷至沓来、绵绵不绝的"我"担责——正如从前《亨利·布吕拉尔》的作者[1]曾经忧虑过的那样，他一度打算杜撰一个自己的亨利·布吕拉尔（他会对名字精挑细选，比如马克·古根海姆、马丁·比尔纳克或马蒂亚斯·弗兰纳里），那就可以全由他来承担责任；但他既没心情也没信心为他编造详尽的履历——曾有人精彩地完成了这一任务，令人不敢再自曝其丑。他会说，因此他也考虑过，或许最好还是回归那种使用最多的手法，即假托是一个陌生人秘密提供的书稿，这

---

[1] 指法国作家司汤达。《亨利·布吕拉尔的一生》是他的一部自传式作品，在他去世后出版。

样,叙述者所做的只不过是对这个神秘人物的自白加以记录,并加上自己独到的评论,作者则有如奥林匹斯山上诸神,只要半是开心半是怜悯地看着就行。这小小的连环双簧——他会在两者之间精心设置微妙的错位——或许是能让他事后不被牵扯进来的最可靠的方法。

然而,天性的优柔寡断没能让他做此决定。他最终觉得,为了预防可能谁也不会做出的指摘而如此费尽心机未免荒诞。说到底,每个人都有能力区分真实的作者和潜在的作者,或者区分作家和他的主人公——这更简单。

读者,如果这番诘屈聱牙的开场白都没吓退他,那他可能已经明白,这部著作与其标题所指的书——而且是不存在的书——不在同一层面上,不完全是一个范畴。换个说法,套用狄德罗[1]和马格利特[2]的名言,这不是一本书。

"所以呢?这是新丧的反文学(alittérature)姗姗来迟的产物,是已故的反小说(antiroman)的化身,是无

---

1. 狄德罗有本书叫《这不是一个故事》。
2. René Magritte(1898—1967),比利时超现实主义画家。他有幅代表作叫《这不是烟斗》,画的就是一个烟斗。

主题书籍（livre sur rien）的又一次老调重弹？"

"呃！卖点关子吧，让每个人自己去发现这里呈现的东西的真正性质，并给出他们认为最恰当的名称吧。"

您会说怎么这样，我们的作者是要多天真才会相信靠这种厚脸皮的答非所问就能脱身。已经开始的对话不能就此潦草终结，真诚的读者势必会提出这个无法绕过的问题：

"那这本书和其他书有什么不一样？难道它不是由语言构成，由纸张承载？当我们破译文字时，其内在含义不就显露出来？当我们把它撕了，它不就成了碎片？"

于是，作者难掩尴尬。无论他如何尊重读者，无论他如何想取悦读者，他会让这个问题悬而不决。因为，显而易见，要满足读者的好奇心，就会立马危及他为自己苦心经营的地位。想象一下，一旦他解释为什么、以什么标准说这不是一本书，他同时就打消了读者继续阅读下去的欲望。

"书店，"他会说（是读者在说），"堆满了高调宣称自己是书的书，却找不到来读它们的人；为什么要浪费时间去读一本开宗明义就拒绝以'书'命名的书?"

上述推理无可辩驳。这就是作者不去辩驳的原因。相反,他承认自己完完全全误入迷途,走进了死胡同。但这一探讨已太深入,想要变换方向已来不及了。因此他宁可就此打住,提出另一个话题,从全新的起点重新出发。为了避免误会,他,作者,会低调行事(至少尽其所能吧),而让他的叙述者尽情表达,想必这将更好地满足读者的期待。

第一页

Première page

    发了昏才劳心劳力空乏其身构撰鸿篇巨著，把数分钟就能口头表述清楚的想法铺排成五百页。莫如装作这些书已经存在，然后献上一份内容梗概，一份评论。

博尔赫斯

    挑战不可能的灵魂所选择的路径与所做的探索是令人思索不尽的课题。我们欣赏其手法的可见成果，也心心念念那些没能达成可见成果的操作，它们的全部表现都归结为一种难以理解、纯粹的缺失。诗人在此真正捕捉到了绝对，他本希望以全非偶然的精妙计划，用寥寥数语完成表达。

布朗肖

1

起首,一个很短的句子。只有六七个单词;简单的词汇,最先想到的,或者差不多吧。它们的首要任务是标示此处终结一段沉默。但紧随其后,甚至不待换行,会出现一句采用了条件式的长句,一句老派的工整和谐的复合句,各方面都安排妥帖——动词精挑细选,结构逻辑清晰,考虑了音段的数量,每个音段的长度和时长——以便抓住并维持读者的好奇心,一步步带他(就像带领孩子在他第一次踏足的花园小径上散步,就像带领宾客参观他从来不曾入内的房子)经过连绵不断的分句——它们呈现出深思熟虑的多样性——围绕同一脉络构成的闭环，引领他穿过插入句和补充说明的迷宫，最后撞上（可能是在这样一段历程末尾最始料不及的）终极障碍，一个不作任何总结的结束语。

之后的文字当然也会保持这样高超的水准。每一句都令人击节。精准。有力。它们衔接紧凑，一起构成一条耀眼的逻辑链。

然而目光首先扫过继而停驻其上的，仍会是页面的外观，因为字母周围的空白会赋予文本一种奇特的面貌：用心选择的多变的文字排布考究，缔造起一座似为空无所填满的透光建筑物。每个单词侧着不透光的身躯不动声色地滑入其中，仿佛马上会在包围它的空白里消失。目光在字符间游移，人们会忘记这些字符构成单词，忘记单词或许拥有某种含义。

这会是一部浓烈（如酒精）、坚硬（如钢铁）、纷繁多样（如可以想象的纷繁多样）的作品的开头，一段描述性的美文，在一页之上聚集了前辈大师宣扬的若干主要品质：句法周密，用词精准，表述铿锵。不过这个起始段落最突出的价值在于，它把意义、图像和声音之间的合理关系呈现于大庭广众，词语绘就的动势与它们承载的深意近乎完美地契合一体。至少在这一页纸的工夫里，修辞不再是奴仆。

这一页遥才傲物，文采斐然，犹如一纸宣言，只是在它终了，才会不知打哪儿，应是某个放逐或孤寂之地，响起一个音色撼人的声音。没有听众能够确切复述它的话。要到很久之后，才会得知那段话事关开篇、文字和沉默。

这就是（欸，为什么现在就要说"这就是"，过会儿，比如在某段精彩的三段论作总结时再说不是更合适？），这就是我对会成为（假如我终有一天可以完成，我知道这事并不容易）我处女作的作品一开头的文字（实际上并非真正的一开头，因为在此之前还有其他一些文字，比如书名、序言——如果有的话、题铭、献词，等等）的看法。

您一定会对我说，存在着各种各样的作品，而您目前还没看出这一部属于哪一类。耐心点儿！为什么想要别人对您和盘托出，而且是立刻马上呢？难道这才是您唯一关心的事，在您的已读书单（可能已经非常之长）上再添一笔？在您的书房里，您把读过的书分门别类整齐摆放，就像唐璜的名单按国籍记录被他勾引的女性？

您真的希望我马不停蹄地把您带入一个多少有点荒谬的故事，向您介绍那些多少有点典型的人物，还有他们所卷入的多少有点可信的冲突？如果这一切该来的话，那一定很快就会来。想一想马拉美这位伟大先知就《沼泽》[1]对纪德所作的美妙赞颂，他称赞纪德"在悬念和枝节中找到了一种该当现身的形式，再也关不回去"……所以请好好享受当下给予您的这个难得的喘息瞬间吧。您已经读了某位无名氏处女作的开头几页，而您仍然（这至少是我斗胆期望的）兴味不减。主题——如若存在——并未真正失去新鲜度；它几乎还未被触及。直到目前，您的手在翻动书页时没有一次不颤抖。简单说吧，您此刻的期待与阅读第一行时毫无二致。

---

[1] 纪德在1895年出版的一部作品，又译为《帕吕德》。书中叙述者讲述其创作同名作品的过程。

2

设想我告诉您，比如说，这是本小说，小说主人公是位作家，非常高产的作家，但身陷诅咒：他知道当他某一作品（当然，他不知道是哪部作品）终了，他的生命也将终了。因此，他给自己定下规矩，从不将他那些文学项目执行到底。他只投身大而无当的计划，指望在懒散怠惰和心灰意冷的助力下，不会将其善终。每个搁置的项目都是他生存的保障，所以他乐于催生更多项目。但其中他一直放在心尖上的，是一个逐日讲述他自己的故事的项目；因为他知道，至少那个故事，他生前不会将其终结。

不过也完全可以是另一主人公，身处另一种情境。故事讲述重返社会的某人，年轻时的他既没有犯罪，也没有遭到起诉，但却给自己判了重刑（二十年的监禁和缄口）；老老实实服完刑期后，他终于鼓起勇气来质疑这内心的判决，开始重构那隐秘的判决理由。

您或许是那种不喜欢譬喻的人，特别是当它们在您看来太过直白？那么就当我什么都没说，让我们换点别的。

换些其他类型的脚本,比如现实点的,您觉得如何?就像下面这个。

- 想象一个古老高贵的家族(取famille这个单词的古义[1])而今走向了没落,它曾有过辉煌,那是某些雷霆手腕的祖先铸就的;现在这个家族只能缅怀失落的过往,把一雪前耻、重振家声的希望寄托在最后一位子嗣身上。可是,承担使命的幸运儿,他肩负的期望超出了他的承受能力,那份责任令他惶恐不安,他自觉难当重任,选择了逃之夭夭,无所作为。

- 或者这个:故事主人公打小成长在热爱书籍的氛围中,然后在若干年间,经历了一场危机,这是那种会周期性发生、冷不丁地揭露我们原以为根本性的东西只是虚妄的危机。这场危机首先令主人公质疑起价值观和文化,当危机达到顶点时,面对自己长久以来的写作欲,他选择了逃避,最终危机平息,复归平和,一切各归其位。但这已不是真正的原位,他得全

---

[1] famille这个单词现在通常采用的第一意思是"家庭"。

部从头来过。这故事可能表现为一段忏悔，一场慢慢的找寻，找寻是什么导致他在某刻失败，出了岔子。

我打这儿就看到您的反应了：您，男读者，撇了撇嘴，还有您，女读者，板着个脸。这些故事没一个能吸引您。您在其中只看到一些耳熟能详的套路和陈词滥调，带着稍稍起皱的现代感。何必呢，您会说，何必在您已经过于冗长的藏书单上再添加一本假想的藏书呢？不用指望我在这一点上反驳您。坚守立场不是我的强项，对话者的观点在我看来总是远高于我自己的观点。

但我其实已经想好如何处理每个主题。我会乐此不疲地将您淹没在精心挑选的密密层层、重重叠叠、满满当当、浩浩荡荡的词藻中，不避铺张与泛滥，也不顾忌啰哩啰嗦、絮絮叨叨。我会洒下一连串的词汇（一铲又一铲、一小车又一小车、一大车又一大车），尤其追求尾音相谐。我会为此搜遍二十本专业词典，一本又一本：博物学的（啊！动物学、植物学、鸟类学、鱼类学等学科的词汇），医学的，建筑学或音乐的，美食或航海的。我尤其会精心呈现狩猎、纹章学或训隼术的美妙用语，当然了，还有帆船术语,依旧承载了如许高贵的诗意。但您很快就会明白这种卖弄只是为了掩饰些什么:一种根深蒂固的不安——我思来想去,还是直接承认更为坦诚(也少耽误很多工夫)。天啊,终于说出口了……

3

在那些把书变成书的主题,把写作当成写作题材的人士的行列中,我确实加入得晚了点。有什么办法,我没法为我降生的时代负责。是的,这个主题曾经是至少一代上百名文人的必修功课、经典号子;是的,我也曾上百次被这类作品和它们引发的评论硌得满地找牙,指天发誓绝不会掺和进去。不过时至今日,我对其他一切都没了兴趣。但在此之前,我曾给自己设下各种规则,做过很多尝试。

我曾设想这样一本书,里面所有的内容都采用最简单、最直白的含义。一种对原始状态的文学的缅怀。这种文学依旧带着纯真、天然的印记。这种文学能让我完整重温在童年某些时刻(总是艳阳高照的周六早晨,在通向犹太教堂那条熟悉的小径上，或是盛大节日的夜晚，我站在父亲右边吟唱赞美诗的时候）体会到的与世界交融的和谐。这本书结构简单，平铺直叙，没有插曲；这本书摒弃各种形式的映射，休想从中找到一丝半点可以照出物体影像的表面；这本书总之不会搞任何嵌套或镜像的把戏。

为达成这一目标，我决定将背景局限于自然环境，从具体现实中汲取元素：

- 夏日夜晚，暮色降临在一片高山湖景之上，此时，一艘小船远离湖岸，舟中有两个少年；
- 几乎是一个白夜，月光反射在刚刚落下的雪上，远处古老的木桥上一盏灯笼散发出红光；
- 沉重的红木桌上，水晶玻璃花瓶里一截开花的椴树枝搭配着一束虞美人。

但不可避免地，写不了几句，我就会陷入一种熟悉的走向。所有景致蜕变为内心状态，所有背景演化成象征。每个部分都滋生出神秘的延展，和各种神话建立起隐秘的交流。我试图依凭的事物和地点似乎全都分崩离析了。很快，我就身处书籍宇宙的边缘：创造的世界取代了切实的现实。

就这样,我还挺顺利地,有时甚至欣喜若狂地,写了一大堆第一页:如果有人哪天对此产生兴趣,他兴许可以出版一部饶有趣味的文集。我也有几次,费了大得多的劲儿,写完了少量"第一章"。但我不觉得有必要将它们集结成册,因为人们很快就会察觉其中的相似性。他们总会发现,在种种易辨的伪装之下,同一个拿不定主意的主人公,那个犹豫不决的书斋哈姆雷特,和同一个宽容的读者斗智斗勇:拽上后者去参观他的心仪之地(一所从未排演并公演过任何剧目的剧院落满灰尘的后台;在一条从未运行过的交通线路上,某个郊区车站冷冰冰的候车厅;近期废弃的船坞里,一条从未出海的渔船近乎完整的龙骨;一座样板屠宰场新古典主义的柱廊,那里从未有动物鲜血横流);时不时地,在字里行间不起眼的角落,向后者交代几句关于语言和童年、关于书籍和沉默的知心话;以及拿后者来测试他在风格方面的艰巨发明,几分苦涩的幽默感加上阵阵伤感的学究气形成了奇怪的组合。

在这些情况下,我从没有写完第一本书,就好像一想到要正正经经地写出那些章节，它们不再仅仅是开笔、起笔、承诺或者幌子，而会成为一个有机整体的组成部分，我就没有欲望继续下去了。

而现在，或许读者您，迷茫于各种可能，厌倦了净让您在这部著作门口踏步不前的手段，您也彻底失去了继续了解本书的欲望。如若这样，那也活该。我是说我活该：如果我能用这么短短几页就打消您阅读下去的念头，而且我还几乎没来得及说出我想要说的，那想必归根结底我并不是我以为的那样。因为，是的，尽管只写过一些没有下文的片段，但我无时无刻不把自己当成一个文人。这倒是个奇怪的局面。您难道不认为它终于可以成为一个名副其实的第一章的素材，而那将比迄今为止恬不知耻强加于您的章节更令人满意吗？

归并

Remembrement

著书多,没有穷尽,读书多,身体疲倦。

《传道书》

找寻完结小说的读者不配成为我的读者:他自己在读我的书之前就已经完结了。

米格尔·德·乌纳穆诺[1]

所有完结的作品都是其灵感的死亡面具。

瓦尔特·本雅明[2]

作品会死；片段，既然未曾生过，也就谈不上会死。

齐奥朗[3]

愚蠢的是说"没人笑我"的人。

米格尔·德·乌纳穆诺

---

1. Miguel de Unamuno（1864—1936），西班牙著名作家、哲学家。
2. Walter Benjamin（1892—1940），德国学者，20世纪重要的思想家。
3. Emil Cioran（1911—1995），又译萧沆，罗马尼亚旅法哲学家、作家。

夏多穆兰、昂代、莫尔穆瓦龙、埃加利埃、韦尔、克罗港岛、当皮耶尔，我起了个头，我还能继续列举下去。但有什么意义？列举又不是非得列全不可。它们是些地名，是迄今二十多年来，我曾去度过部分夏日时光的地方：那些乡下的房子或大或小，或简朴或舒适，如今想来都有些相似。

每当学年结束，内心的某种习惯随即启动。我收拾好书籍、文件和笔记，离开巴黎，我郑重其事地作出决定，要把所有时间用于写作，不管是埃加利埃或者夏多穆兰漫长、灼热的日子，还是当皮耶尔附近弗什罗勒小屋蓝色小客厅里稍稍宜人的午后。孤独并不令我难耐。

两周，三周，或四周的时间里，每天，我坐下面对同样的风景：阿尔皮耶山干涸的侧岭，舍夫勒斯河谷薄雾笼罩下的树林，旺度山光秃秃的山坡，或是韦尔花园里仅有的那棵树，被大举入侵的常春藤密密匝匝层层叠叠团团包裹，几乎已看不到它死去的树干。我这个人长久以来都没想过要欣赏一下自然景色，渐渐也学着去观察入微。我学会了区分岩石的各种灰和各种褐，学会了区分各种各样的绿。我知道了根据一天中的时刻变化来追随光影，甚至还能预知：这里，阳光会在寸草不生的两岸间拉出一道长长的水带，那里，是普普通通一列白杨，更远处是几栋老房子，房子当中隔着花园或是忍冬、茉莉花、铁线莲的篱笆。我摒弃了其他消遣方式：烟草、酒精、报刊、音乐都进不了这个装潢简单的房间。天花板没有脚线；墙上没有墙纸，甚至没有裂缝可以让视线迷失。但纵使我眼前的景致变化不停，我面前的白纸却几乎一成不变。

1

话说回来，头一天我头一个动作就是拆开先前的手稿。这些纸页每年夏天伊始我都会读一遍,它们在我眼中已经和烈日炎炎,和桃子的味道,和蜜瓜的气息融为了一体。这些纸页五颜六色,或旧或新,尺寸不一。其中有些——最大的——来自遥远的过去。这些伤痕累累的老友,我对它们格外珍视,因为上头有删除的痕迹,有修改的笔触,还有评论,有时还标上了日期。其他手稿没那么多修改,也没那么让人怀旧,呈现出更素净的面目:长方的小纸——只有正常尺寸的四分之一大小,上面字迹狂放,难以辨认,塞满一个个灰色细纹卡纸袋,用有点松了的松紧带捆扎在一起。

我把所有手稿放在书桌上,分成一小叠一小叠;但没有一张书桌大到可以把它们全放下,我只能再拼一张打桥牌用的方桌。心满意足——因为这一刻我等了好几个月——我开始检视这些手稿,条理井然,一丝不苟地遵循它们的存放顺序。

我于是重读了一行行旧时文字,它们看上去就仿佛是一波波被过早截断的短促浪花。我长久地凝视,坚信在表面的混沌之下蕴含着解开它们所出谜题的钥匙。

但什么都没有发生。没有灵光一现。恰恰相反。就好像发生了某种侵蚀；我在这些文字中只找回很小一部分我以为写入的内容。它们是经过了怎样一系列的棱镜过滤才变得如此微不足道？都跑去了哪里，每个单词的重量、体积，还有滋味？

这些某天我觉得值得保存下来的回忆、思考、景色，我在记录过程中漤掉了一些细节，其实那才是它们打动我的由来。我之所以把它们简化，浓缩至核心要素，是因为我抱有幻想，以为这样就能掌握一批可供我随意操作的素材，而且只要我有需要，随时都可以恢复它们的厚重。然而，真到了那个时刻，我发现并非如此：面对这些文字我一点自由都没有。

因为它们只是长期积累的产物。包含其中的元素分属众多轨迹，它们交织在一起构成我的故事，在错位和矛盾之下，是多个已然在我身上老去的人物的身影。

如同一般做法，我给自己定下的第一项任务是为这些文字片段找到新的归类方式，因为我还是希望能最终打造出一个和谐统一的整体。但我很快发现，我用来分类的标准太随意,甚至荒谬。按照时间顺序?那就只能把没有明显关联的主题混杂在一起。按主题,如何?那就无法顾及每个片段原则上所要服务的体裁的要求。至于按字母顺序,那会促成一些滑稽至极的组合。

因此,我制造出的仅仅是一些不稳定的复合产物,随时都会消解。如同无法给各种颜色的毛线归类的失语者,我反反复复从头再来:我把几张手稿从一叠挪到另一叠,我撤去几叠手稿,又摆出几叠新的,但它们同样不能让我满意。这是个永无止境的拼板,一个我无法说清其中门道的纸牌通关游戏。因为如何才能通行在这个由间断、不连贯、未完结、不完整所统治的世界?我是否只能追寻无意义,借口无意义是意义唯一的立足之地?不可能对努力和成果之间极度的不成比例视而不见。

于是,我推迟了分类工作,决定比起那个,为了节省时间,不如直接进入真正意义上的写作阶段。我这才发现我的语言是多么贫瘠:词语惜字如金地呈现于我,我的嗓子要费老大劲才能将它们拼出。有时终于凑起几个;我感觉它们已经到了嘴边;它们摆出当仁不让的样子;结果却在记录之前凋亡了，或者执拗地拒绝诞生，搁浅在我的嗓子眼，如鲠在喉。

突然，我的手真正松弛下来。我在一页新纸上落笔，我选了幅面尽量小的纸，以免被过多的空白刺伤眼。我知道我的笔尖一点都不能离开纸面。笔和纸必须结为一体。稍有分离便可能万劫不复。尤为重要的是，不能错过一个字……

几行，某些情况下甚至几个单词，就足以填平我写作的欲壑，熄灭我继续下去的冲动。现在，笔尖碰触纸页就如同在挥动一根取消魔法的魔杖：它消弭了幻觉，让神智复归空无。

之后漫长的一刻钟里，我重读方才匆匆记下的一句（或几句）话，细吟慢哦地检查节奏（尤其避免亚历山大体！），最后确信新的努力必然徒劳无益：这几行或好或坏，已可自足，不容增续。有那么一瞬我觉得自己偿清了一笔债。

但紧接着我就会冒出新的念头，认为随着在写作道路上迈出的这一步，无论它多么渺小，我又给自己制造出了新的义务、新的责任，它们总有一天会要求更有分量的成果。这一念头足以让我的疚愧以及瘫痪机制再次疯狂运行。

就这样，夏日一天天过去，我的要求一天天降低。我放弃了梦想的作品。今年秋季，没一个文学奖评委会有机会把桂冠戴到《古老护墙》或《假窗》上。没一个出版家会后悔没能把《学生之路》收进最负盛名的文丛，或者《火栗》的印量没到十万。没有一本杂志的书评人会吹嘘洞悉了《密码信》的秘密，或者向读者推荐了《救渴之梨》。书店在布置节日橱窗时不会有《自由决定权》；公众也不会蜂拥而至乞求《吗哪》。但我不会吃不到葡萄就说葡萄酸，这已经没法蒙我了。

能写出几页来我就心满意足了，甚至一页都行，只要这一页能让我毫无保留地认可。只要它——这尤其重要——能让我摆脱——哪怕只是短期——那个时时刻刻存在于我脑海后台的想法：我正在又一次浪费时间。愚蠢地浪费。自负地浪费。

因为无论在上述何处，我都未能写出我计划中的书。

2

　　似乎我只要处于务必了结某桩急活的状态——那些活与我的文学追求毫不相干——一切就会改观。这通常始于午夜前后，给一篇文章收尾的时候。一个段落正写得好好的，我自觉浸淫于主题，与其化为一体，几乎自然而然地，博学的词句从笔端流出，我开始为文章快要写完而欣喜（因为已经拖了好几个星期，已经被不太客气地训责过），突然就愣在当场。出现了某种裂隙，而后空白。但这一空白只在电光石火之间，刚够我回过神来。随即便是喷薄而出：句子冒了出来，绝无含混模糊，而是清晰明了，严整可观。最惊人的是，当我要把它们记录于纸时，它们不会消散，不会化为尘土；誊抄完毕我可以立刻再读一遍。我写的大部分东西就是这样完成的。

　　按这样的灵光闪现频率，我得要很长时间才能凑够一本书的素材。因为，那个有灵感的另一个我——恶毒地打断我的工作以发布他那些发明的造句幽灵——只在他选定的（极少）时刻才会降临，写下（最多）短短三页，然后飘然离去。

如何能让他老老实实一次性地把肚子里的存货全吐干净？难道要我成为自己的窥探者，窥伺自己的这些分身时刻？

我一直认为自己会写出构建巧妙的宏大作品，对这些阵发性一蹴而就写成的片段并不看好。更让我为难的是，在这些亢奋的时刻，我无法很好地控制涌入脑海的那些略显过时的雅驯和老派的绮华。

不过我最终明白这些夜半写成的片段无非减压阀而已。当淤积迫在眉睫——因为思想疲于在同一时间跟随不同思路——溢流本身会激发一些暂时缓解张力的词汇。但是几个星期之后，那些纸页就会变成枯叶，生命的汁液完全退去，徒留干巴巴的一页纸。

因而这些片段自诞生起就注定是残骸。它们没有在本该从属的复杂整体中找到位置的任何凭依，而且这个复杂整体兴许永远都不会存在，哪怕只在纸面上。

3

话虽如此，但偶尔我也会觉得离目标很近。润色了二十遍的作品突然之间有了眉目。消退了，苦涩的欢欣，它通常会在我确信失败时向我袭来。我不再迷失在草稿的迷宫中。只需修改几个词，一页手稿和另一页之间的联系就浮现出来。看似矛盾的方向也不再矛盾。

于是，夜晚的兴致高昂（可持续到黎明，就像在斯佩拉塞德度过的某个七月的夜晚，阁楼上依稀传来的一只被困蝙蝠扑扇双翼的声音执着地陪伴着五个小时的高强度工作）加上日间的冷静操作，借助连续的多重嵌套，我终于构造出比草稿更胜一筹的东西，它开始似模似样地像个文本了。但那到底是什么呢？我有那么多的计划，每一个都是特殊需求的产物……

我很快放弃了短篇小说创作。我那些短章其实还挺适合这一用途。它们承载的或是一幅图像，或是一种气味，或是一份感受，它们是转瞬即逝的永恒片段，不太适合嵌入长篇故事成为其中一节。然而，追寻窃自无聊的开悟时光并非我真正的关注点。相反，我想要推至前台的是记忆这些飘忽的残余所由浮现的遥远背景。

又有些时候，实在是一字不出，我会在彻底抛开所有这些陈年素材的一刹那隐约看到出路。对，就这样，撇下这堆乱七八糟的东西另起炉灶。有一天我迫切渴望另辟蹊径，差点把这一切付之一炬；鉴于当时正流行"回归"，人们急急匆匆地给某些奠基人的肖像重新镀金，我准备率先向文学最可敬的产物，那神圣优美的箴言诗回归。我会为此创造大量异域贤者的清苦形象（每页至少出现六位）——凯尔特游吟诗人、卡巴拉学者、前伊斯兰的诗人、沙漠教父[1]、爱尔兰僧侣、佛教或神道教被人遗忘的大师——他们唯一的作用是把一些晦涩难懂或振聋发聩的警句在它们从浮现脑海到烟消云散的弹指一挥间说出口，不加任何使用说明即刻呈现给读者。从而我——理所当然地会为自己如是打破的藩篱而自豪——我也将建成我的居所，在约伯的酒瓮和第欧根尼的污藉[2]之间的某处。

---

1. 公元3、4世纪时的基督教隐修士，主要生活在埃及沙漠中。
2. 古希腊犬儒学派哲学家第欧根尼每天晚上住在一个大酒瓮中。《圣经·旧约》中的约伯遭受极度困苦也不改变信仰，曾坐在灰堆中和三位前来慰问他的友人展开争辩。

第一次暂停时间

Moment de pause numéro un

读者——请感谢他的耐心——有权在此质询作者,要求他给予解释。

"您一开始,"读者会这样对他说,"似乎是想从事一项能够娱乐我们的有趣作业。可现在您一步一步把我们引向了另一条路。永远的新手,您以此证实了对所有像您这样的人的怀疑:你们写不了三十页就会开始忏悔。而您现在必然打算没羞没臊地赖在里头!"

对此,作者铁定会反驳那是对他误解颇深。

"没有您想的那么深。当然喽,它不是秘密手记大揭秘,也不是粗糙的甲壳在噩梦般的爆裂声中裂开。我们很清楚他不会和我们谈论他头颅的形状、他日常的举止、他那些失恋。至于其他……"

"读者，读者，先别忙着自鸣得意。诚然，我们作者的计划还很脆弱，它那些基础撑起的结构比古代立柱松动的构件结实不到哪里去。但他提出的问题也不简单。他认为不先反诸己身就不可能找到答案。"

"看到没！自我中心，自我中心，我就说了！"

"好吧，但他找到的路径千差万别，需要一条一条去探索。"

"这是什么意思？那他打算走到哪儿呢？"

"越远越好。但在发现自身的每一个新阶段，他都要接纳一些属于过去的新碎片。"

"那么，我们还要兜兜转转很长时间喽？"

"估计是的。不过当我们以为作者在绕圈子，他实际上在螺旋式前进。因为，这正是作者的特点之一，他永远不满足，无法停歇，无法固定于某个他会表述为'最终'的态度。至于他变化不定的探索结果，读者，您大可把它们看成随机重构，事后的合理化，而无关事物原初的混乱。"

正确用法

Le bon usage

要知道傻子写了成百上千的书，很多上了岁数却在学问上没有长进的人在这些书上浪费了时间。

迈蒙尼德[1]

作家无论谈到什么都必须既要有娱乐性又要有意义，而正是言谈和写作给予他灵感，促使他写下去说下去。

诺瓦利斯

有人把自己的书放在书斋里，但M把书斋置于自己的书中。

尚福尔[2]

现时大部分书看上去都像是一天之内根据前一天刚读完的书搞出来的。

尚福尔

---

1. Maimonides（1138—1204），犹太哲学家、法学家、医生。
2. Chamfort（1741—1794），法国作家，以机智的格言和警句闻名。

我没有写的书，读者，您可千万不要以为它们是彻头彻尾的虚无。恰恰相反（让我们一次性说清楚吧），它们悬浮在普世的文学中。它们存在于图书馆，以词汇、词组的形式，某些情况下还是整句。但在它们周围有太多虚妄的填充，它们陷在海量的印刷文字当中。而我呢，实话实说，努力至今都没能将它们分离出来，组合到一起。这个世界在我看来其实充满了抄袭，我的工作因此变成了一场漫长的追捕，执着地找寻从我的未来之书中被莫名其妙地窃走的所有细小碎片。

1

您可能和我是同一类人，当我们今天走进书店，心头难免一紧，而且出来的时候仍旧会感到不适，像是恶心：太多书了！然而，许多年间，我人生中的主要事件都是阅读。

的确，想着有可能要从事写作，或只是为了单纯地进入思考的状态，我压抑不住阅读的需求。的确，阅读几乎总是影响着我：一旦我把握住某本书所赖以存在的那股活力，我就欢天喜地地沉醉其中，在书中游走，仿佛来到了一片新拓的疆域。的确，我一大部分原创（至少在我眼中）话语可能恰恰源于这种能够承受多种多样且论理说相互矛盾的影响的天赋。

然而一开始其实很不顺利。我浮夸地把那叫作"研究"——追寻非特定的广博知识，以完善学业给予我的微不足道的储备。但那其实就是流浪。我徒劳地为自己杜撰出新的急需，可是比起求知若渴，我更多是被无知的恐惧支配，我所做的不过是焦虑地从这一主题跳到另一主题。

一切都不放过。而今，比方说在整理的时候，当我偶然翻到几页纸，看到纸上记录着我当时阅读的书名和日期，我会良久凝视，既疑且惊：是怎样荒唐的暴食症促使我狼吞虎咽下那么多书，却毫无印象，甚至都不记得曾把它们拿在手里？

有一天我以为找到了在混乱的追寻中保持条理的方法。我只要大胆地以我钟爱的作者自居，亦步亦趋重走一遍他们走过的道路就行，换言之，精准地复刻他们的阅读经历（根据我从他们的书信、回忆录、私人日记中了解到的情况）。于是，我着手制订书单，又认真又激动。随后，拿着这份目录，我开始搜罗。当年的巴黎充斥着旧书商，塞纳河河沿自不必说（我曾在那里欣喜地淘到一册签名本初版《人的时代》[1]，新人作家诚惶诚恐毕恭毕敬亲笔题词，把这本书送给某个叫爱德华·冈的要人），拉丁区，还有——我先前并不知道——蒙帕纳斯幽暗的书铺，或是克利尼昂库尔和比塞特尔的书棚。

---

1. 法国作家米歇尔·莱里斯（Michel Leiris，1901—1990）出版于1939年的作品。

外国经典著作的老译本令我驻足。那是些战前出版的蹩脚卷册，往往装页松散，出自没人记得的书系，所属出版社消失已久，但偶有德高望重者作序。买这些书之前无法上手翻阅，因为它们总是禁锢在透明封套的紧身衣中，以掩盖磨损和破败。我怀里的书越叠越高，到后来抱都抱不过来。筋疲力尽，兴高采烈，我回转家中。我把新入手的书小心翼翼摆放在地毯上，人也趴伏于地，动作利落地拆掉恼人的玻璃纸。最终，每本书都被打开，呈现在我眼前。有些书甚至没了裁开纸页的麻烦（但那是非常愉悦的事）。剩下的，就是完成核心步骤：沉浸在阅读中。有时我要用上几周时间；但通常不等消耗完存货，我又出发寻猎了。

和文字酣斗的结果，导致有时，甚至在我的睡梦中都会浮现出一些画面，到了白天仍挥之不去。比如，我一度满脑子都是弗雷德里克·莫罗[1]的情事，接连几个晚

---

[1]. 福楼拜小说《情感教育》中的男主人公，他爱上了下文提到的阿尔努夫人。但两人最终没能在一起，阿尔努夫人送给弗雷德里克一缕秀发。

上（后来几乎再也没发生过），我在梦中和阿尔努夫人亲近，她拥有一张法兰西·B的完美脸庞。我和她共同度过了两个重要时光：第一次邂逅，我没有把它安排在喷着浓烟的"蒙特罗城"号汽船上，而是搬到了卢森堡公园一条无人的幽径（离蒙田中学很近），在某位法兰西王后雕像的盲眼注视下；然后是最后一次相会，她赠我的不是一缕秀发，而是一把小小的金钥匙，逃离之前她吻了我，告诉我这把钥匙能让我隐身。

我当然爱上了这附加在我白天生活上的隐秘部分。更何况学术性阅读——我阅读活动的另一面——在我身上的留痕令人扫兴地枯燥乏味。它们的梦境象征和我错综复杂的情感生活没有多大关联，明显更加粗糙简陋，是对我在一天工作之后的疲劳或焦虑几乎不加修饰的搬录。在其中一个梦里（我在这里讲述的是它最完整的版本，但某些元素有时会潜入其他梦境），我困在狂风暴雨之中，还被狼群包围，它们吞下一根又一根我爬上去躲避的烧焦的树干。突然之间，狼全都消失了，我身处一片废墟，面对残垣长篇大论慷慨陈词。有个化妆拙劣的人物（又矮又瘦，身披古罗马行政官的托加）从一根立柱后探出半个身子，用一枝狙击步枪瞄准我，我听见——就像遥远的听不真切的呢喃——在铁丝网后面聚集的人群呜呜咽咽。

所有这些努力，理所当然，没有白费：几年下来，我给自己零零碎碎注入了一些半个世纪前我这个年龄的人的修养。了不起的成就，真的！甚至那些我强迫自己做的笔记——以给初时单纯的阅读偶感披上一层兢兢业业的表象——几个月后就会让我觉得陌生。

2

我花了点时间才找到应对方法。积累得越多，自然而然，我就自觉越发有能力向书本提出精准的问题。渐渐地，这变成了一场令人安心的夺彩竿游戏，每上升一点都会让游戏者的位置更有利。而今，在每本书编织得当的字行之网中，我学会了打捞，我的做法类似罗马人借助维吉尔的书进行的占卜。我在一页、一章、一卷上停下，直至找到我认为能与我的疑问共鸣的所有元素（有时只要用

"我"替换"他"就能收获显著的效果），而这种相似性的寻找最终促成了我某些计划的雏形。

我就这样蚕食掉一部分横亘在我和写作之间的空间。在此之前，在我看来，在高贵至极（有时甚至被奉为宗教般庄严）的文学和所有我可能说出口的让人无语的肤浅话语之间，存在着一定距离，理智的话，我只能认为写作于我是一项不理智之举；跨越这段距离，就等于无比莽撞地表明自己有能力与公众关注且有时像等待启示一般紧张期待他们一字一句的那一小群人为伍。现在则相反，写作的乐趣在我眼中开始显现为阅读乐趣的另一面，甚至一场微妙的任务对换将在这两项如今亲如一体的活动之间发生。

不管怎么说，全新的写作观（以及新的工作方式）形成了：写作就是驱赶文字，一组一组，越来越多，把它们赶入我的幻想，参与我的构建。我现在只需开源就行。

主要的矿源，我当然是在所谓的私人文学中去找寻。然而，阅读大作家日记、回忆录或者通信获得的乐趣并不持久。起先，我欣慰地发现，所有那些成功留下著作的人，也有犹疑、不满的迹象，也有真正绝望的时刻，这让我感到和他们有了手足情。可一转念，这种感觉就消失不见了。"如果就连那些人，"我对自己说，"都受了那么多苦，那你又将如何呢？"说到底，我和我这些伟大楷模之间只有两个共同点：动笔之前的怀疑，停笔之后的忐忑。两者之间的阶段却非我所能及。

我能否斗胆顺带一提有些书带给我的沮丧感？不是因为它们让我失望；恰恰相反。是因为读它们的时候我总忍不住去想我又错失了一个机会。我刚读完的这本书，就该由我来书写：我在书里看到了我钟爱的大部分主题，我也构思过的一些人物，甚至于我自以为属于我的曲折文风。我感到了双重剥夺，被剥夺了这本原本该属于我却被他人写掉的真实的书，被剥夺了那本我本会去写——如果他人没有让这一计划变得徒劳——但略有差别（我敏锐地感到了差别部分的缺失）的假想的书。

阿米尔[1]属于令我气馁的那一类。他把该说的都说了。把他《日记》中的一些片段凑起来，我完全可以组

---

1. Henri-Frédéric Amiel（1821—1881），瑞士道德哲学家、诗人和评论家。

成一本属于我的书，涵盖最微末的细节（比如这本书，毕竟阿米尔也从没写过一本他自己的书）。我没有这样干。我还把《日记》丢在书架一个阴暗角落，在前面浩浩荡荡地摆上一排语文学的著作。出于一种原始的谨慎，或者更确切地说，出于一种正当防卫的本能。因为只要打开一卷这些可憎的部头，我就感到万劫不复，感到自己陷入了流沙。我随机翻动纸页，这里读个十行，那里读个二十行，很快就会沉没进去。我试图抗争，但抗争的力量越来越弱。渐渐地，那种惶恐的迷恋，那种屈从的麻木占据了我，整宿整宿，只有《包法利夫人》给我造成过类似效果。从中解脱时，我只感到痛苦、无力，柔软得像个新生儿，比任何时候都更加确信我的努力无济于事。

3

我看得太清楚了，明白即使在最好的情况下，这一切会有怎样的结果。一本书？当然不是。只能说是费老大劲把自己写的和挪用的片段拼凑起来的产物：满纸没羞没臊的文字，叫人实难捉摸到底是靠那些引用——或显或隐——来为逐步敞开的交心作铺垫，抑或只是以交心为背景卖弄学识。

独一无二的书

Le livre unique

　　有种恶质的谦逊是基于无知，它有时会妨害某些优秀的人，令他们困于平庸。这让我想起了某位德高望重的贵人在一次午餐中对朝臣说的话："啊！先生们，我多么后悔浪费了时间来获悉我比你们强得多！"

尚福尔

　　这正是内在生活的巨大优点：它允许每个人在所有人中最爱自己。

西蒙娜·德·波伏瓦

1

有很长一段时间，我以为作家是天生的，只要听任那颗珍贵的种子在心中成熟，经历适当的年岁，有一天处女作就会冒出来，一如之前，第一颗牙齿在既定时间出现。所有一切都会自发组织，不需要特别的努力。就像在某些梦幻时刻发生的那样，想法和措辞突然之间蓬勃而生，一页页文字似乎自己就写了出来，单词呼朋唤友，动词摩肩接踵，形容词层层叠叠，而我们则成了被这场由他人准备的盛会惊艳的观众。

这出写作的盛会，在我看来会随时随刻上演，只需一个不起眼的信号就能唤醒启动机制。我对此非常肯定，所以一点也不急于开始我的"作品"。我坚决拒绝因耐不住性子而产出一部会被某些人评说为蕴含希望或指为风格练习的稚拙、生涩的少年之作的风险。我那时的愿望是一举出版某种类似全集的东西，时机越晚越好。那应是一整套严密的作品，"在错综复杂的表述中"展现出"我的世界观的主要元素"（当时说话就是这种腔调）。我会不慌不忙地解释我对于时代大辩题的立场，我会揭露、严斥我们社会的瑕疵，我会缔建起一个"更博爱更公正的社会"的基础（这些主题在那一时代年轻人的作品和日常聊天中是完全无法回避的）。甚而再加上点运气或者才华，我或许就能塑造出一类全新的主人公，竖立全新的文学类型，乃至——终极愿望——全新的艺术形式，革命（关键词在此）性地集迄今所知一切之大成。

我把创作处女作的焦虑以及略显粗糙的快乐留给他人。我则站在我的制高点上，不无乐趣地看着几位才华横溢的同辈青年忙忙碌碌。他们决定成为作家，于是怀抱着朴实无华的功利主义逻辑立马干起了该干的事。对于他们而言一切皆可：长篇小说，短篇小说，哲学或者政治随笔。他们着急忙慌地要把完美契合时代趣味的处女作带给世人，就好像那只是迄今构成他们（我们）人生核心的涉世之旅的又一阶段而已，一个使人有权进入社会的阶段，一项考验。而我对这个社会持鄙视态度，这种立场在我真正的朋友当中颇为普遍。拒绝功成名就，拒绝把握时机，拒绝顺势而为，一言以蔽之，憎恶任何形式的取巧，这便是我们当时仍然恪守的价值。一切成功都是可疑的，它只证明目标定得不够高远。而没有不可及的理想就没有真诚的志向。

我宁愿等待。在这点上和在其他许多方面一样，我遵从了自己的天性（通常完全不会让我仓促冒进、不等事情自然发生而提前强求），也符合可以说是我所受教育的某种印记：在我的家庭中，记忆的责任，也就是说以记忆为新生的源泉，伴随着等待的特权。等待不是放弃行事，而是某种行动，和世界秩序达成默契的行动。所以我会从布封称天才"只是一种比别人更耐心的禀赋"这样的名言中收获乐趣。我把这句拿来活学活用：不写书也是一种行动，有时甚至是一种善行。

我是一直缩在后面，但这并不妨碍我向某些在我看来急得合情合理的人（相当少，可以想见）伸出援手。他们对自己的长处不够自信，有时谦虚得怀疑自己的才华，迫切需要——这是人性——证明自己。于是他们没有半点迟疑地投入大冒险，而我认为自己有责任——在我力所能及的范围内——采取措施确保他们的处女作在第一时间受到关注，确保他们获得成功。我当时就在这个时至今日我仍会不时扮演的幕后顾问角色中发现了真正的乐趣。为他人踌躇满志，正如我亲爱的阿米尔所说，"是一门无害的专业，且不必担心有竞争"。的确，扮演心腹谋士至少让我获得了两点好处。我可以不完全陌生于文学界这个通常纷纷扰扰的小圈子里的勾心斗角；同时，我得以继续坚信——以较小的代价——我拒绝过早踏入这个圈子完完全全是我自由选择的结果。我竭力保有的童贞会让我未来的婚礼更加庄重肃穆。

　　然而，面对那些丰产之徒，我极为不适：多部作品意味着自我拆分，这令我反感，我无法想象一片片或一块块地割裂自己。在我眼中，把一本书设计为某个系列的组成部分几乎等同于欺诈。这难道不就是承认作品的相对性，承认它们都不完整？一个名副其实的作家会这样承认他没有竭尽所能讲述一切吗？他应该只交一部精心构思的作品，无关乎某个思想阶段或人生阶段，他拿起笔应该只为了撰写，就算不是真正的封笔之作，至少也是可能的最后一本书。独一无二之书，这一执念便这样根植于我的内心。老实说，从我开始接触阅读的年头起，这个说法我就稔熟于心。它源自我最爱的课本，因为我喜欢其中的故事，而这课本就叫《独一无二的法语书》（在四十年代末上小学的人或许记得它）。我本能地为形容词"独一无二"赋予了最强烈的含义，因为这本书在我眼中绝无仅有，而且地位远高于其他同类书籍（这个说法在逻辑上自相矛盾，不过我并不为此感到特别尴尬）。我采纳了这种骄傲的说法，隐隐希望终有一天能用来描述我本人对文学（非常不确定）的贡献。

我后来又接触到一些作品，欣喜地发现我的空想在某些作家那里得到了呼应。皮埃尔·让·茹弗[1]的坦白尤其

---

1. Pierre Jean Jouve（1887—1976），法国作家、诗人。

深得我心："我一直妒忌仅有一本书的诗人。"仅有一本书：耗尽了矿脉，不再为将来而保留、蓄藏、储备。仅有一本书：作家投入到一场不容喘息的求索中，无法打断，哪怕要进行阶段性的总结。因为无论如何，意义只在终结处才会显现。

这份执念纠缠至今，任何行动在我看来都是操之过急。写那些书有什么用呢，如果它们本质上来说只是那本希望之书粗糙的雏形！

我知道，此等情况下，我将永远有一缺憾，而且对我的读者来说，即便是最善意的那些，也是如此，那就是没了回过头去对比先前的作品、对比少年之作的可能性。缺了那样一部作品，该如何找到，在一帆风顺的职业生涯如同在缜密的学科中，赖以确立之前和之后的那个决裂的时刻，那个神圣的转捩点呢？那个在世人眼中表明准备阶段已结束，作者完成了学习，所以可以大胆地阅读他的作品，因为那肯定就是他真正的作品，而不仅仅是某些晦涩不明的序章，甚至更糟，边角料，那样一个令人放心的休止在哪里？我对这层风险、这种缺失心知肚明。可吊诡的是，这只是更坚定了我拒绝动笔的选择。

2

信徒的损失在于遇见了他的教堂。

勒内·夏尔[1]

此外，应该爽快承认，我时不时还有其他托辞。我告诉自己还有更好的事情可做。必须好好生活。绽放自我。欣喜若狂，心花怒放。积攒乐趣。变着法儿地享乐和快活，收集欢乐、愉快、喜悦、迷醉的时光。总而言之，所有的乐事都要走一遭。我如饥似渴吞下的大师教诲在一个词上达成了一致：享受。活在当下！[2]生命的玫瑰！[3]可爱的人儿，我们且去看看！[4]关于幸福的秘法研究！[5]狄俄尼

---

1. René Char（1907—1988），法国诗人。
2. 出自古罗马诗人贺拉斯的诗句，原句为：活在当下，尽量不要相信明天。
3. 出自法国16世纪诗人龙沙的《致伊莲娜的十四行诗》：自今日起采撷生命的玫瑰。
4. 出自龙沙的《可爱的人儿，我们且去看那玫瑰》：可爱的人儿，我们且去看那玫瑰，清晨才刚刚绽开花蕊。
5. 出自法国诗人兰波的《哦四季，哦城堡》：我做了关于幸福的秘法研究，无人能回避。

索斯的醉！[1]啊，愿我龙骨断裂！[2]生活吧，若你相信我！[3]如果你幻想这些这些这些！[4]幸福，别无其他！[5]（因为我当然是靠着纯粹的文学作品来勉励自己不要过早地掉入文学陷阱之中的）。在那些时刻，我及时想起我是地中海人，无论如何，我不该羞愧于——只要能和"洗海水浴者的平凡夏天"[6]保持距离——热爱大海和太阳，沙滩和盐巴。再说了，丰富人生阅历也是为了获取某种保险。这样我就有足够的素材来滋养将来的作品。作品不是用一堆幼稚的幻想来换取的，包裹它的应为如假包换、真金白银的人生财富。创造小说主人公？当然会的！但先得证明我自己能成为类似的一员……

然而另一些时候，对生活体验的迷醉退去了。"小布尔乔亚式的浪漫主义"，别人这么对我说。一些更崇高

---

1. 出自尼采的《悲剧的诞生》。尼采用太阳神阿波罗来代表理性，用酒神狄俄尼索斯代表感性或者非理性。
2. 出自兰波的《醉舟》：啊，愿我龙骨断裂！愿我葬身大海！
3. 出自龙沙的《致伊莲娜的十四行诗》：生活吧，若你相信我，莫待明朝。
4. 出自格诺的《如果你幻想》：如果你幻想这些这些这些都将永恒。格诺的这首诗受到了贺拉斯"活在当下"以及龙沙诗歌的影响。
5. 出自法国诗人艾吕雅的《穷人庄园》：创造世界不需要一切。只要幸福，别无其他。
6. 出自普鲁斯特《追寻逝去的时光》第二部《在少女花影下》。

的要求占了上风。改变世界。参与历史。捍卫科学免遭意识形态染指。某些词语开始在我脑海中盘旋——实践、大众、理论上的反人道主义——我不知道它们要转悠到什么时候才会停下。

那些日子中,人们言必及理论,随之而来的还有某种恐怖,它会悄悄潜入我们内心最隐秘的角落。没有比在法国时不时复萌的理论恐怖更稀奇古怪的现象了,它通常现身于保护得最为妥帖的圈子,它把现实变为某些概念可以忽略不计的副产品。和许多最亲密的伙伴一样,我也受到了传染:说实在的,我们距离圣人中的圣人近在咫尺。然而,比起成为寥寥几位天选者的一员——很快就会由他们为胜利的新教会宣扬律法、制定教义,我选择和普通的信徒为伍。我当然是虔信的,但仅仅是因为这种狂热,这种通常而言本应促使我在人生中真正皈依的狂热,为我的文学冬蛰提供了始料未及但决定性的论据。

诚然,一直以来,写作于我不只是一种欲望,一个计划,一种乐趣,而是一个真正的执念。虽然这个执念几乎占据了我全部的思想,却没法迫使它有所产出。而现在文学（随着我受到的新启示）呈现于我的形象——要么是极致苦修，要么是完全徒劳——又双双加重了这一瘫痪。

有时候，我把写作看成一门严肃的精密科学，学习写作必须不疾不徐，详尽细致，按部就班，而且还需长期的理论研究然后才有资格动笔。但在其他时候，我又明显感到，写作只是一种业余爱好或者游手好闲之举，和现实完全脱离，既没用处又没将来，注定很快终结在恶性增生的重荷之下。因此，我不知道是否应该——谦卑地——准备好如同踏入宗教般踏入文学领域，把真正宗教仪式动作的韵律与细致移植过来，还是应该兴高采烈、自命不凡地对待文学，进入文学领域只是为了给予它致命一击，简言之像游鱼在水那般闯荡其中。

某些晚上我胡思乱想，追寻不可捉摸的文学概念，陷入不确定（甚至恍惚）之中，但这种不确定至少有积极一面，它使我一刻也不会去自我怀疑，去非难自身的缺陷，比如，对准备工作、准备程序、序幕的热衷，本能地求助于抽象，痴迷于分析（这一切应该是为了抵消对终极罪过——陈词滥调——的担忧）。理论家——他们揭示出文学的不足或模糊性的定论,以不容置疑的客观性,为我的节制提供了依据。

不过,我有时羞愧地发现,在学问领域我仍然是一个接收多于给予的人,被塑造多于塑造他人的人,于是我壮着胆子构造自己的理论。我构造理论采用的方式,在我看来,是我的独门法宝。然而结果并没有更加明朗。因为,我起初是凭着一股子冲动投入的游戏,很快就陷入,或者说,束缚在(就像在襁褓中)全新的模糊性之中——我步很多人的后尘发现,模糊性和语言的使用密不可分。特别是有个大麻烦成了我的拦路虎,那就是文学活动——不知羞耻地展露冲动(或施展圈套)——的矛盾性,它一方面可能令人愉悦,甚至捧腹(写作[écrire],细细想来,还能是什么呢,不就是写两笔外加一笑[rire]?),但同时也有相反的凄惨的一面,因为文学并不能为我们抵御死亡的恐惧,甚至对于生活,它也只能给出一种可怖的映射:无论是大声尖叫还是横冲直撞,无论是嘟嘟囔囔还是奋起反抗,它都得依靠字词,而每个字眼(mot),虽然表面看不出,但其实都承载了死亡(mort)。

可是阻碍我的并不只有普遍的语言问题;还有我个人

和法语之间的关系，一种自孩提时代起，基于迷信式的虔诚和狂热崇拜的奇特混合而缔结的纽带。我不免想到卡夫卡的例子，我读到过这样的说法，他自认为是德语的"客人"。这样的表述令我动容：我太明白其中的意味了。不过如果今天的我需要定义孩提时的我和法语之间的关系，想到的倒不是这个深得我心的比喻；不由自主浮现在我脑海中的是"特权居留者"[1]的说法，来自警察局的技术性用语。经历过这一处境的人自然明白。它造就了一些旁人料想不到的义务。首先是感恩戴德的义务。我对法语的感情确切说来像是欠了它一笔债；这笔债若想还清除非由我献上最宝贵的供奉，也就是说我的一部分活力人生，因此在我看来，我理应成为（无论我的职业是什么）语言的某种仆人，法语的一名工人。但立即伴随而来的还有克制的义务，有点类似某些公务员有义务保持政治缄默。据此，我自觉无权触碰这座接纳我的宏伟大厦，能不设限地允许我盘桓于其中各处——必要时保持安静——我就很欣慰了。

---

1. 在法国居留的外国人的一种身份，享有近似国民的待遇。

但我终究没有被这些反复萦绕于脑际的论据弄得五迷三道,它们力阻我发动那些据称注定失败的战斗,差点陷我于文学虚无主义。诚然,我开始厌恶命运,它让我降生在书籍和作家辈出的时代;我想要找一种方法来戳穿众多空洞的言词,宣泄我对那些自以为非把它们写下不可的作者的怨恨。但这些想法本身便足以在我愤恨至极的日子里维系住那条不管怎样都将我和写作连结在一起的纽带。

3

我从未感到自己已经成熟到能够写出一部强有力的作品。看上去我在等着化为废墟。

儒勒·勒纳尔[1]（1887）

你说你还不够成熟;那你是要等到腐烂吗?

儒勒·勒纳尔（1889）

---

1. Jules Renard（1864—1910）,法国作家,代表作为《胡萝卜须》。

所以在我看来，最最要紧的是在步入完全成熟阶段之前不落一字。

那时候，我还没有整天为逝去的时光而担心。相反，把数年光阴蹉跎在一项高尚的事业上，我觉得是一种美好的牺牲。我甚至觉得这种明目张胆的毫不在乎，这种泰然处之，有股子派头，因为这暗示了一种底气，对自己和未来之间达成某种协议的底气，而不是怀疑不安。

事实上，我已经在想象中，在未来的腹地扎扎实实地扎下了自己的营盘。在完成最庸常的行为（在巴黎高师的院子里和朋友交谈，在圣路易岛上与恋人柔情蜜意地散步，在穆浮达路或康特斯卡普广场上的小餐馆露台上吃饭）的同时，我尤其忙着想象以后，当我的生命最终在文学中达成圆满，我柔情地回忆从前的举止，将它们视作阶段或征象——它们免不了会获取此类的意义——的时候，对当时当刻保留的会是怎样的记忆。

我把当下当成回忆来过，这使我无需为现在注入内容。我宁愿让各种印象胡乱沉淀在一起，我确信它们总会自行归类，而归类的结果正是我那就此显露的人生次序。

于是，有好几年，我向所有因缘巧合（当时这种巧合仍极有品味地表现为可人的妙龄女子）结识的圈子投去经典的漠不关心或是嘲弄戏谑的目光，尤其能迅速地捕捉到不一致的印记、伪装的痕迹、隐藏的失衡。我多希望这目光终有一天会变成远见。

这持续了很久，非常之久。

我为了明天养精蓄锐，可它们始终没有到来。曾经充满信心的期许渐渐微不可察地蜕变为麻木不仁。从那时起，我感到未来在躲着我。时间似乎对我再也不起作用。年复一年，我一成不变：同样的梦想，同样的拒绝，同样的妄想。我的脸庞留存着少时的特征，我仍然能够不费吹灰之力冒充年轻人。我有时会甘之如饴地享受这份天赐的时间停滞；我相信，时间为我免去了衰老之苦。然而，对于现状的偏爱其实是新恐惧的另一面：恐惧曾经殷切期盼的未来真的来临。有人停下时钟，自欺欺人地宽慰自己遵守了时刻表，我本能地采取了他们的方法，甚至施诸肉体。

练习音阶和练声的年纪现已过去，而认定会悄然成熟的作品迟迟没有在遥远的地平线上冒出头。

恰恰相反，在我看来，文学活动有时（还越来越频繁）吝啬得令人绝望。我像是被掐断出路、扑灭可能的欲望给附了体，轮番祭出所有能叫一切计划胎死腹中的机制。才有些想法的作品立马自毁，不需搭建完成便彻彻底底灰飞烟灭。我说不清当时是觉得现实在我眼中太过平庸，不值得落笔成文，还是文字太过贫瘠无力表达，反正我愈加固执地陷入怀疑和逃避。

此外还得消化我的态度在家庭成员中引起的不悦。他们急不可耐了。每个人都以为有资格明里暗里地指责我游手好闲。荣耀，他们从未停止在我身上期许的那份荣耀，姗姗来迟；我呢，不但不发奋图强，让功成名就（同样属于他们）的时刻快快到来，反而甘于怠惰。家人以为我在埋头苦干，征服巴黎，星光熠熠地现身文学沙龙，一晚接着一晚和法兰西学院院士、出版家、部长（或者至少是这些令人钦羡的大人物的闺女）共进晚餐；我呢，浑浑噩噩，成日介翻看老书胡思乱想，写些无法精确归类的含糊文字，而且很少能坚持到第二页或第三页。我剥夺了家人翘首以盼的雪耻,他们一早便无意识地把我规定为完成这一使命的工具。他们曾想方设法让我的生活变得容易些,只要我需要他们的帮助。可是现在,他们无声地指责我坐享其成。我以为我是自由的,其实不然:他们对我拥有权利。

必须再一次承认现实。面对"写作还是生活"这道经典的二选一——至少可认为结果必是个清晰的选择,不是这条道就是那条道,我却只能以逐渐显露自己既走不了这条道也走不了那条道来回应。老实说,我从没严肃看待这道选择题;我认为它过于简单化了。我有一种挥之不去的感觉,我感觉鉴于自己本质上的多元性,这道选择题不适用于我。长久以来,我陶然于自己丰富多样的参照系,那是我所受的混杂了不同遗产的教育的成果。比起我的其他特质,我更在意这份多元性,或更确切地说,在我看来,它包含了所有其他特质。它既不是缺点,也不是偏差,而是我个人的底色。

然而这并未阻止我浪费机会,我本该好好利用这一切的。原因是我的多元性和我的异国血脉联系甚是密切,而我没能把差异变成力量的源泉。我那遥远的原籍,我本应加以突出,倚仗这一偶然的地理元素来细化我的视角,利用旅行者身份赋予的轻盈感,简言之就是从背井离乡中攫取它附带的好处。但是彼时我尚不知道的是,只有通过一部作品证明自己能够超越这种多元性(及相异性)才能赢得多元性(及成为他者)的权利。

于是在我的形象中滋生出一种反转,我一时半会未能领会其重要性。谦卑不知不觉地转变为傲慢。学业终结将我逼到墙脚之下:我没有"处境",也就是说,我不知道该如何定位自己。在我看来,旁人或许会把我归入的类别没有一个能容纳我,而我也没怎么行动以为自己寻求其他定义。

孩提时代,有人自勉宁可什么都不是,除非成为夏多布里昂[1],我却写下:宁可什么都不是,除非成为我自己。但我确实没有料到有一天我的处境会是成了我自己,

---

[1] 雨果自称14岁在日记里如此发愿。

同时又什么都不是。

我开始对自己说，我在一定程度上诠释了那个因为没有三只眼睛而痛苦的荒诞人物（我记得是出自帕斯卡的想象）[1]：是怎样的疯狂使我不能接受这平凡的命运，不满足于长久的沉寂？

然而，就算选择了沉默也没能缓解我的焦虑、消减我的遗憾。诚然，从兰波到荷尔德林还有尼采，我并不缺少楷模。毕竟，从这些人选择结束的地方起步也没有什么可耻的（哈勒尔[2]或许不仅仅是出逃之地，可能还是艺术真正发扬光大的契机）。沉默在他们手中（如果还能这么说的话）成了武器。太过沉重，含义太过丰富，沉默无需再加掩饰，无需再像曾经在他们的很多诗歌中发生的那样乔装打扮成话语。可是换到我手，我发现沉默同样难以驾驭。天知道我们沉默以对的人（因为很清楚，沉默——自杀也一样——总是针对某人的）会为沉默赋予何种荒诞或

---

1. 帕斯卡《沉思录》：可能谁都不会想到为没有三只眼睛而痛苦；但只有一只眼睛令人痛不欲生。
2. 埃塞俄比亚古城，兰波告别文学生涯后曾一度在那里生活、工作。

令人不快的意义。我决不希望人们把它当成我归附——不事声张，因为感到羞耻——那个我其实痛恨的派别的表示；所有装模作样把寂静主义用到极限的人，他们所维护并欣赏的只是不可言喻和主观，这样他们就可以以一个潇洒的转身逃脱想要反驳他们的人的魔爪。

某种谨慎依旧阻止我一笔一画清清楚楚写下"无果""失败"等词语。谨慎，实话说来，用词也不算准确。深层原因应该还是再次现身的家族禁忌：拒绝指称惧怕的事物。迷信地担忧某些不祥的言辞一说即中，我们被迫在必须提及某些大事、假设之际——它们或是不幸或者仅仅令人不适——说一些匪夷所思曲里拐弯的话。我的不幸遭际，我只用第三人称来讲述，把它们托在随便哪个我当然不可能认同的虚构人物身上。我有时情愿谈论其他事儿，不太痛苦的事儿：我记得古人在地下墓穴的四壁不画任何令人忆及时代恐怖的内容——殉道、酷刑、耶稣受难像，只有缠枝花果，伴随着翱翔的白鸽。

不过大多数时候我选择不说。

我终于明白，生活有个讨厌的恶习，不会现款结清它缔结的债务：这个很少有能力偿还的负债者对我们的债权嗤之以鼻。能在债务得到真正清偿之前讨到——至少暂时地——若干文字的人实属走运。

对于我来说，这意味着我现在必须去攻取我一直以为合法持有的东西。

文字的顺序/范畴/指令

L'ordre des mots

"法国人不肯工作了,人人都想写作。"女门房告诉我。她不知道她在那天批评了陈旧的文明。

齐奥朗

而今,三句俏皮话和一个谎言能成就一个作家。

利希滕贝格[1]

---

1. Georg Christoph Lichtenberg（1742—1799），德国科学家，讽刺诗作者，格言家。

我过往人生所有晦涩难解，或不管怎样尚不明晰的事情里，迄今最令我惊讶的仍是这一件：我为什么有一天会认为自己必须写作？挺简单的问题，看似明显，但我用了很长时间才感到有必要问一下自己。那是在最初漫长的一系列失败尝试之后，关于该"志向"合理性的疑虑才涌上我的心头，我开始思考这一此前我一直认为不为我意志所左右的决心的起源。而疑问一旦冒出来，就再也挥之不去；在某些时期，我的主要工作就是解答这个疑问。

　　我寻获的答案多种多样，有时还极度矛盾。但有一点很清楚：写作欲望伴我到老，它挺过了我人生中的多番变迁。或许自我出生起就已埋下，它没有随儿时幻想的亲密玩伴一同消散；它知道改头换面，应和一个太过乖巧的少年的怨言；之后，它堪堪避开了因为经年累月的繁重学业而梦想熄灭的风险，再也无法根除，哪怕是艰苦专深的研究也办不到。如果要不惜一切代价来回溯这条很多年里周期性泛滥——但终究无法预料且转瞬即逝——滋养我那些写作幻想的文字之河的源头，当然要追寻到我的童年时代。我们会发现那其中混杂了奇奇怪怪的因果关联，于我而言，就算到了今天，也不太容易理清。正是在儿时我爱上了字词，萌生了把它们组合起来的愿望，也正是从儿时的生活中，我自然而然地提取出最初几次文学尝试的主题。因此童年为我的写作提供了最主要的动机和题目。但童年和写作的这一双重关系——它们显然属于两种截然不同的过程——最终凝结在了一起，在我的记忆中糅合成大杂烩。乃至于我无法分清它们在多大程度上直接源于我的童年经历，又在多大程度上归因于我后来找回并记录这些经历的尝试。

1

人永远无法摆脱自己的童年，他通常会摇摆在某种形式的内疚（我真的有必要如此关注这些幼稚玩意吗？）和某种强烈的不安（我不会正好错失了精髓吧？）之间。

他人的童年，我每每想象为一个模糊的记忆集合，其中的记忆随心情和场合而变化，捉摸不定，脆弱易碎，这个集合随时可能分崩离析；甚或再不济想象成一种简单的情感色彩，追溯性地投射于某些其实无甚意义的人、物、地点。但想到我的童年却是异样地真切：它的印记不会消失，而且随着时间流逝，似乎还印刻得越来越深，同时仍旧在表面清晰可见。我对于过往的执着，是因为犹太教育，或是某种形式的返祖？确实，似乎一直存在一种记忆的职责，回忆的义务，要不停地让一些事件保持鲜活：亚伯拉罕之约、以撒的牺牲、出埃及、神赐律法。这古老的特性在上一次世界大战之后又进一步强化，多了句训条：禁止遗忘。

我其实并不需要这些来堕入对回忆的热爱，我的天性径直将我引向其中。我依旧属于那一类人，我们的目光盯向所谓的幸福过往，要么恋恋不舍、一步一退地踏入生活，要么索性呆立原地，一连数年停滞不前。我的思想和我的激情，我只用过去时来讲述（或迫不得已用将来时，条件是极为遥远的将来），因为我的头脑和我的心灵往往后知后觉。就这样，我靠着童年回忆度过了数年，就像从前有人靠着股息过活。我那时的确也没有其他资源。而过去一块块脱落下来，毫无预兆。于是，如同许多人，我想要将它固定，将它回收，甚至再利用，就像我们现在处理破布头或废水那样。

要投身写作，我有两块早就觉得值得一用的跳板：我和周围亲友得天独厚的关系，我和法语之间同样得天独厚但属于另一种性质的关系。

在我周围，至少在小范围的家庭圈子里，从没有人怀疑我的命运必将非同凡响。这份信念的基础，我要在很久之后才想到去探究。那时，我不假思索地采纳了这共同信念——说起来还挺受用，并没有觉得它比我们家庭生活中好些其他成文或不成文的规则怪到哪里去。我那注定不平凡的命运理当辉煌灿烂，而对文字的热爱将在其中扮演重要角色。

和语言的关系,在我们身上并非无足轻重或不关痛痒。那里藏匿着先辈的时代家族发达史的最后遗迹,根深蒂固,生机勃勃。我们在苦难岁月中丧失了财富,时隔多年,每每提及仍然锥心刺骨、耿耿于怀。但我们还有,无形的,文化的特权。这种特权,在过去近四个世纪中(家族记忆无法回溯到更早的家族谱系),化身为数位杰出的犹太教教士:一位在遥远的乌弗兰[1]小镇制造神迹;另一位为了传道无惧无畏,千里迢迢去往布哈拉[2],为他的布道基金筹措善款;还有些头裹缠巾的卡巴拉学者,他们选择前往圣地学习并在那里终老。我们引以为傲的神话,从一代一代虔诚传递的某些事件的记忆里汲取佐证,佐证家族和文学界先天的、世代遗传的连结,仿佛那是某种宿命的客观烙印。皮埃尔·洛蒂[3]的长篇叙述自然占有举足

---

1. Oufran,位于摩洛哥南部小阿特拉斯山脉,是犹太人在摩洛哥最早的定居点。
2. 乌兹别克斯坦城市。
3. Pierre Loti(1850—1923),法国小说家,代表作有《冰岛渔夫》《菊子夫人》等。下文《阿姬雅黛》是他的处女作。洛蒂曾任海军军官,游历世界,著有多部旅行随笔,其中包括1890年出版的《在摩洛哥》。

轻重的地位，他讲述了和我们曾祖父的会谈，后者在梅克内斯[1]的豪宅中接待了他。相当有趣的叙述，说实话。作家描绘出一派地道的异国场景，精确细致，一丝不苟，令人赞叹；然而对于在这个东方故事般场景中生活的人们，他却几乎未着一词。那同时也是一次奇特的会面——我经常做梦梦到——一个"慈眉善目的犹太百万富翁"，和创作了《阿姬雅黛》的高产作家。不仅仅是因为对洛蒂而言他会因此欠下一笔债，一笔他有理由害怕会一辈子还不清的债；还因为这次会面标志性地为我们点出了事物的新趋势：法国文学及其魅力渗入了金色、宁静的家族生活。

文字的优雅或精确，寻求别致的表达，使用风雅甚至有点过时的措辞，凡此种种被赋予了头等的重要性。语言被当成真正的灵符：混淆阴阳性能够毁了一场婚约，家庭的命运受制于简单的性数配合或动词变位错误。

在我们那个阶层近乎封闭、等级森严的小小外省殖民社会中，对文字的崇拜，就像在罗马帝国日薄西山的动荡

---

[1] 摩洛哥古都之一，位于摩洛哥北部。

岁月中一样，是"文明人"和其他人的区别所在。

因此，我近乎是天生地对文化抱有热情。那是被视作完结、完成的整体的文化，需要无止境的学习才能获得（用时越长越值得称道），但若要介入其内部则未免托大。也是被经历为某种典范的文化，承载了一部分传统宗教开始丧失的威严。吸引我的，并非某页，某书，某个我可以在兄长们使用的课本中读到其作品节选的作家，而是所有能用法语写就的内容。我眼中的法国文学——那时我还几乎对它一无所知——宛如活物，是一个不容忽略任何组成部分的有机体，或者更确切地说，它是一个无法停歇的人，嬗变是其存在之道。

我那时还不了解法国。仅有的一点知识有时还是来自意料之外的信息源。比如，我记得有好几次收到的礼物是一种蘸水钢笔的"魔法笔杆"：在我以为牙雕的笔杆里嵌有某个名胜的画面，只要把眼睛凑近笔杆正中的小洞就能看到巴黎裁判所附属监狱或凡尔赛宫，画面小巧但纤毫毕现。后来，为了谈论这些古迹，以及描述那些于我而言还只是一份怀旧的法国景致，我想要找到一种能够用恰如其分的口吻来讲述这种发现的笔调，一种古旧象牙的色调，能一下子在事物和我的视线之间定下适当距离，就像博物馆中的玻璃柜所起的效果。

我和语言的关系就这样一开始便导入了明确的方向，因为我从不会冒险弄混事物本身和它们的名称。

2

我使用的大部分词语已经几乎摆脱了它们和事物之间的天然联系，因此，我觉得它们有种令人着迷的轻盈。没有任何重量把它们拉向地面。我最爱的那些单词（香柠檬、吊舱、拌菜、三孔笛、格子盖）和我眼中所见的事物完全不沾边。这是些闪耀如虹的美丽泡泡，它们的虚幻让我越发感到它们的珍贵。还能拥有比这更美丽的玩具吗？

一如今时今日，我那时就尤为钟爱语言赤条条地映入我眼中的时刻。只要某个有点生僻的词儿始料未及地从某人口中蹦出，就会让我方寸大乱：它会立马拆解包含它的发言，消弭当下推理的逻辑，清空它周围的一切，独自残留，用它那不寻常的声响填塞所有的意义。

我开始为自己构筑某种堡垒，只用我最爱的那些单词，并养成了时不时避入其中的习惯。并非我对世界漠不关心，并非我热衷孤独；恰恰相反，我想我当时已经充分融入了我所属的那一小帮小学生，我们几个人不是邻居就是表亲；然而，语言的乐趣，我还没有找到人可以分享，我为自己单独奉上小小的语言盛宴。我很快就相信，相较于喜人的文字组合，现实无足轻重，这——我不知道为什么——为我注入了真正的快乐；我身边没人注意到这一点。确实，我也很少谈及，因为说到底，我不确定这是否适合公开承认。我能斗胆向谁讲述呢，说那些烈日炎炎的午后，他们以为我在午睡，其实我在誊抄——一行行，一字一句（只会省略在我看来不够"文雅"的某些表述）——我在法语版《读者文摘》里面找到的短篇探案小说，而我当然希望用它来表达完全不同于原先内容的意涵？那是一个法国女郎因为搞错了英国情人用数字写下的日期而错过约会的故事。假如我当时——就像我后来做的那样——承认我喜欢集藏白纸，别人还会继续把我当回事吗？

或许正因为此，我内心显现出了对秘密的喜爱，习惯了双重生活，随之而来的中学生涯更是起到了强化作用。进入六年级，在我们的世界中，事实上标志着某种程度的新生：第一次被抛出了家族的犹太圈子，那是在此之前的唯一参照系。这也意味着我们不仅要遵守全新的模式，还要警惕不能和传统断了联系。两种层面的生活，要艰难地维持平衡！但这也让在中学的那几年变得有趣。我有很长一段时间挺享受这种双重游戏，直至感到厌倦。

两种性格，两重人生，它们之间日常的错位，多多少少的分歧，久而久之影响了我的生存之道。最终，我再也搞不清真正的我是谁、在哪里。

从此，我对任何双重属性的事物都抱着狐疑的态度。不论是在我身上，还是在我周遭。二元性与表里不一太接近了。即使是对语言的热爱——我对此是那样骄傲，因为语言允许我，至少是部分吧，接触旧日犹太和阿拉伯文化（好多世纪里，它们一直是我祖上的文化）的遗存，使我能到处自如地和不同年龄、不同民族、不同背景的人交往——也突然变得可疑。我发现掌握至少两门语言除了带来乐趣，也在酝酿危机，那使我习惯了某种形式——没有我一开始想的那样无害——的双套话语。我甚至不再嘲笑某几个表亲，他们和我一样都在某种双语环境下长大，却固执地拒用法语以外的语言。

于是，很简单，为摆脱困境，我一逃了之。我为个人用途设计了一个崭新的我，远胜于别人以为认得的那些低劣化身。这个我，由于殖民历史和地理的捉弄而降生在过于远离其真正的生活条件和自然环境（本该是位于图赖讷[1]腹地的某个古老村庄，每天都将法语奉若神明）的地方，仿佛一株不幸被移植的异域奇花。只是这一次命运讽刺地安排了逆向的移植。事实上，我因为自身的异域属性而烦躁，感觉遭受了不公的放逐。很快，我发现自己必须处理勤奋中学生和犹太孩子这两副遗蜕。那个高高在上的骄傲的我不知拿这两副面具如何是好。

但是，童年不会长长久久，我对家族无谬误这一教

---

[1]. 位于巴黎西南卢瓦河流域，风景秀丽，物阜民丰，是传统法兰西的代表性地区。

条的信仰开始逐渐剥落。我想要寻找别人告诉我的那些话都有哪些依据，但并非每次都能找到。我开始有些不快地问自己，他们向我许诺的荣耀会通过何种途径降临。我探究起自我，迫不及待地想要发现有朝一日必定冒头的那一丁点天才，惊讶于它怎么迟迟还未显现。因为没有发生任何决定性的事。我的成功？它们从不超出可以对那个老师们——令人遗憾地缺乏想象力，但以令人宽慰的一致性——一个学期接一个学期地鼓励或祝贺的"勤奋有天赋的"学生寄予的合理期望。他们的评语让我羞愧难当，因为我甚至算不得神童。终于有一天我必须承认现实：我在自己身上能找到的唯一不同凡响之处，就是这份笃定，这份对不同凡响的顽念，它现在已和我融为一体，其根基似乎只有它自身。

面对这一顽念，我就像面对上帝之选的犹太人，身处同样的奇怪境地。世上很多民族自信或者自称"上帝的选民"，他们一个接一个缔造起帝国，在人们的记忆中镌刻上他们的奢靡或残暴，这至少让他们的自命不凡似乎还有那么点依据。犹太人采用了另一种方式：他们兢兢业业假装相信——或者有时真的相信（时间一长，两种态度也就没了差别）——自己炮制出来的被上帝选中的故事，让自己成了上帝的选民。因此，要走出这条死胡同，我就必须更加认真地看待自己的处境。写作，或许我可以通过这条途径来为我的人生注入真正的不同凡响，我向往的那种。我梦想成为的自己，我只要把它记述下来就行。待来的真相，一经如此预想及捕捉，就不可能不同于我事先所作的描述。因为我必然只会编造极度精确的谎言。

我就此摆脱了一桩心事。我再也无需寻找那依旧使我相信自己前程远大的隐秘的力量，不论是在我之上还是在我内心。现在只需一杆笔就够了。但是，这个策略的简洁与便利向我掩盖了它主要的风险：我给自己揽下了一项重任，万一某个障碍好巧不巧地推迟了它的完成时间，它说不定一样会——就像在我自觉理所当然可以借鉴的历史案例中那样——把神选者变为受害者。

这一切全都混杂在我头脑中，写作的欲望化为一个巨大的容器，所有症结都可以在那儿解开，所有障碍都可以在那儿消除。但是有太多投身写作的方式了！

3

> 人们面对一令白纸会犹豫着要不要用它来包东西，可一旦上面印了字就没什么顾忌了。
>
> **利希滕贝格**

> 空荡荡的纸上是最美丽的歌。
>
> **马吕尔塞**[1]

有人从空白页开始，而鲜少有人以空白页为终点。这还挺难办到的，因为有时要扒拉很多格子才能抠出一点空白。问题是悲剧在于，没有能力写作并不足以铲除写作的欲望。或许还要加上生理畸形。甚至即便如此也还不够：有些人靠口述解决了问题……

在这方面，我走过了一条奇特的道路，其环形特征是

---

1. Mallursset。引用的这句亚历山大体诗是作者从马拉美（Mallarmé）《海风》和缪塞（Musset）《五月之夜》两诗中各取半句拼接捏造的，所以杜撰了这个结合了两位诗人姓氏的假名。

所有布瓦尔和佩居歇[1]之子的标志。格诺洞察出这两个鼠妇的故事其实类似很多伟大的欧洲小说，是一次奥德赛式的历险，是"在知识的地中海上的一场漂泊"。我的漂泊发生在一片小得多得多的地中海上，一处极小的墨海，漂浮在海面上的，行程伊始一如行程结束，只有几页白纸。

纸，我很早就和它结下了不清不白的关系。起初是在我大概八岁时，那时我热情的长兄时不时把我带去他的办公室。我非常喜欢那些访问，感觉进入了一个新世界——成人的世界，商务的世界，我的大部分同学生来就被拒在门外的世界。

我第一次造访，那是一个天寒地冻的日子，首先吸引我注意力的是那壮观的打字机，然后是配了滑门的多层置物柜，又高又窄：柜子里整整齐齐摆放了一沓沓纸张，各种各样。白得亮眼的美丽纸张，在我想象中轻盈、纤薄、

---

1. 《布瓦尔和佩居歇》是福楼拜未完成的遗作。故事主人公布瓦尔和佩居歇是一对好友，他们都是巴黎的缮写人。布瓦尔因意外得到一笔遗产，于是和佩居歇一起搬到乡下居住。他们沉迷书海，囫囵吞枣地学习各门学科的知识，但无法掌握，最后演变成灾难，因观点不一致争吵不休。根据福楼拜的提纲，小说结局可能是两人回到了巴黎，重操旧业。福楼拜最初给这部小说起的标题是《两个鼠妇》。

清脆：有些完全空白，有些印了一行抬头，还有些看着神神秘秘（应该是行政表格）。它们的全部魅力在于，它们和我那些作业本中发灰的纸张没有一丝一毫的相似之处；没有小格子，也没有横线玷污它们的纯洁。

这储量丰沛的纸张让我大感惊奇，也加深了我对这位兄长的倾慕之情（他还总是抓住机会让我开心）。那天，他看见我杵在他的库存前面一动不动，便提议我拿点回去，假如我想要的话。难得地，我无需他人再开口提一遍；他刚转过身，我就从每个我能够到的纸堆中抽出几张，集成了厚厚一沓，开心得浑身发抖。

那是我货真价实的第一笔财富。因为我当时还没有专属于自己的储物空间，我就把它们放在卧床上方，就在我摆放了母亲半身像的相框后面（它正对另一头墙上挂着的我父亲的照片）。

我不知道能拿这么多纸干什么。我才刚刚学会在"双横线"纸上歪歪扭扭、笨手笨脚地写下老师让我听写的单词或句子（那时的我还没有成为优等生）。

现在仔细一想，我寻思，那会儿我是否在想总有一天我会把纸变成钱。那时我们只有纸币：最低面额的是小小的四方硬纸板，大约相当于现在的几个生丁吧；面额稍微高点的是小张的纸片（类似意大利在缺少一百里拉硬币时曾经使用的那种）。我从未拥有过很多这样的小额钞票，而且老实说，我也从没觉得有这需要。然而，这个想法，拥有原料——切切实实地为我所有，随便哪天，只要我愿意，就能想变多少钞票变多少，应该挺让我安心的。不管怎样，囤积的癖好正是以这种形式第一次在我身上显现。

我没有满足于初次的满载而归。此后，我每次造访长兄办公室都会趁机拿上几张纸，装作有急用的样子。到了晚上，我把它们和其他纸放到一起，就在墙壁和相框之间，藏在母亲微微泛红的脸颊和微笑之后。

再后来，进了中学，我会刻意购买比实际需求更多的记事本、通讯录、登记簿，或是普通的小本子，其中大部分都不会写一个字：我准备用它们完成的伟大计划当时就已颇能将就止步于计划阶段了。多年下来，我这些珍贵的储备累积到了可观的存量，本子的硬皮封开始发白，小格子的纸页明显泛黄，但它们仍然时刻准备着承载我会交托给它们的叙述——其实它们已经承载了其精髓。哪怕要对它们进行一丁点替换我都会感觉是一种亵渎,因为那些本该早就出现的语句在每一本里萦绕不去。

几年之后,我又开始囤积黑色布面的大开本登记簿(依旧还能在法国国家图书馆附近的专业文具店找到),就和儿时囤积小本子一样勤快。

最后,就在最近,先是在威尼斯,接着在纽约,我发现了我寻觅长久的东西,分毫不差:看上去像本书,但里面没印一个字。威尼斯的本子,如我们可以期待的那样,非常雅致,在纸张选择和装帧工艺方面尤为出色;纽约的本子,不是特别打眼,但更加实用,有白色护封,护封两面都用黑色粗体字——除了Nothing里的字母o,它更细,稍稍拉高,用了鲜红色——印了这个有点挑衅的标题:The Nothing Book(无字书)。我不知道何种突如其来的克制拦住了我,在上述两地都没有购买两本以上这两种包含了各种可能性的本子。或许是因为我不愿无度地扩展我的"著作"规模:就算是虚构的书,也应当保持真实可信的体量。

时至今日，我对纸张还是持双重态度。格子纸，我用它们是勉强为之：那些小格子禁锢着我。白纸，令我印象深刻，我要不惜一切保护它们的纯洁。因而我开始关注，带着某种热情，别人是如何使用纸张的，一有机会，我就会不由自主地瞄上一眼正好出现在我眼皮子底下的草稿、笔记、手稿（有些属于我的朋友，那自然不必说，还有些属于陌生人，我会在工作的地方和他们有接触）。不是想要不识趣地窥探纸上的内容，仅仅是为了观察书写和载体之间的关系。有些笔迹之恣肆令我震惊。它们贪得无厌地铺满了一张又一张纸，无视横线，嘲笑边缘，突破所有界限，向所有可能的方向舒展开精壮的肢体。远远看去，它们像是和纸张融在了一起，似乎从来便镌刻在那上面。而我的字迹没有倨傲的姿态：它从不会贸贸然地闯入献身于它的纸张为其保留的广阔空白。它一直守着界线，毕恭毕敬；它没有攻击性，它透过笔端轻抚纸面，就好像先要驯服后者。然后就一直这样持续。当我写满一页纸，它看上去就几乎没怎么用过，在我留在文字周围的空白里，另一个人可以轻松写下他的文字。

就这样，自然而然地，我变得偏爱精短的体裁，因为所需纸张更少。我想了一些浓缩文章的方法，就像是浓缩酱汁。一句格言，只要结构精当，于我而言足以替代一段哲学阐述，而且效果要好得多。有时，简简单单一句话胜过啰里啰唆一整页，但那得是余音缭绕、意蕴深长的一句话。

第二次暂停时间

Moment de pause numéro deux

终于又到时间了，读者，又轮到您发言了。您没有半点犹豫地追随作者踏上他危机四伏的过往之路。您眼见他在多种不适、多种模糊性的连接点上出生或复生。您和他一同阔步走过他那乏善可陈的一生的各个阶段。这些阶段都有一个共同点：都将他引向了同一条死胡同。

"还真够早的！"您会说，"他怎么还没得出应有的结论，他还在等什么？既然作品是能让艺术家看清自己真正价值的唯一镜鉴，我们那位就不该再对自己的文学天赋抱幻想。他也没理由为此懊丧。他还是放弃言说和写作的世界吧，这样他至少可以从言说或写作自己放弃世界的义务中挣脱出来。"

"那是肯定！这是个相当体面的脱身方式，他应该感谢您给他的提议。"

"那他还磨蹭什么？"

"一切都把他往那个方向引，但我不觉得他会就此放弃。"

"您能告诉我们到底为什么吗？"

"他只是一门心思认为有朝一日可以利用自己的不足。"

"啥？把他的失败变为艺术品？动用可耻的手段，用还没写出的作品残片炮制出一本书？那个自称曾几何时虔诚地梦想创作一部真正杰作的人，最后堕落到缝补拼凑一堆废稿？"

"有何不可？他有什么可失去的？无论做什么，他都怀揣着写书求解脱的儿时梦想。这个幻象不断召唤他的目光。但为了获得解脱，仅是望向别处还不够，因为他在事物中只看见他所寻之物的缺失。对他来说上上之策难道不是接受这种局面？所以他决定耐心地描绘这种缺失的轮廓，用最精准的方式描摹出它的形状。"

"他自己开心就好。但希望他能记住这一点:打算将失败变为艺术品是一件事,对失败呵护有加就好像它已经是件艺术品又是另一回事……"

主人公

Héros

建议：严冬时节，用书生火。

利希滕贝格

我不知道是否该继续写作。伟大的灵魂也产生过疑问。马塞尔·施沃布[1]继勒南[2]之后也几近认为，经过了古典主义和浪漫主义这几代人的努力，留给我们探索的领域就只剩了一个，那就是博识文学领域。

波扬[3]

自从数千年前有人开始思考和努力以来，但凡伟大和简单易说的一切都已道尽。相较于观点的高度而言深入的一切,也就是既专且博的一切,都已道尽。而今,我们只能重复[……],只剩下一些细枝末节有待探索[……];留给现在人的只有最徒劳、最黯淡无光的工作,那就是用密密麻麻的细节填补空白。

勒韦迪[4]

---

1. Marcel Schwob(1867—1905),法国短篇小说作家,其作品对博尔赫斯和波拉尼奥等作家产生了影响。
2. Ernest Renan(1823—1892),法国研究中东古代语言文明的专家,哲学家,作家。
3. Jean Paulhan(1884—1968),法国作家,文学评论家,出版人,历任《新法兰西杂志》秘书、主编、发行人。
4. Pierre Reverdy(1889—1960),法国20世纪著名诗人,作品对法语现代诗影响巨大。早期与超现实主义、达达主义和立体主义艺术家来往密切。

一切都说过了，再没有什么好说的，我们知道这一点，我们感觉到了。但我们不那么敏感的是，这个事实赋予了语言一种奇特的、甚至令人不安的地位，它将救赎语言。词语最终获救，因为它们不再存活。

齐奥朗

说话让我害怕，因为我永远说得不够，所以又总是说得太多。

德里达[1]

---

1. Jacques Derrida（1930—2004），法国解构主义大师，当代最重要的哲学家之一。

终究没有"成功的玩笑"。我从孩提时代起弄出的这个小游戏,在持久的幻象和迁延不至的天时之间保持微妙的平衡,我自以为能让它无限持续下去。毕竟我是游戏唯一的主宰,唯一的组织者,而且我开始深谙它的运行机制。

但事实上,我落入了陷阱。总被倍加呵护——不过越来越低调——的荣耀梦想,没有费太多周折就挺过了最初的失望;但它们最终还是踮起脚尖溜走了,或许是因为等待出场等得太久而没了耐心。从此这个游戏在我眼中现出了真面目:没有意义,没有目标。

友人们积极投入,一个接一个地找到了——那种轻松自如至今令我困惑——可以让他们长期认同的团体（阵营、党派、家庭或小组），而我带着戏谑的态度冷眼旁观，愣把自己给渐渐挤出了赛道。我不断质疑潮流和宗师，不断希望我的思想不只是周遭各种喧嚣的回声，反而完全捆住了自己的手脚。以至于在精神生活上沦为某种闲人看客，一个在任何圈子都挂不上号的人。这段漫长的岁月开始慢慢在我的记忆中变得模糊不清——它们形成了一个焊块，或者更确切地说，一个凝块——我只依稀记得我那孤零零的求索之路，也不知道会通向何种写作形式：我步履缓慢、迟疑，无限期地滞后，因为在内心深处越来越清楚地感到，再怎么样也好，写作都是徒劳之举。我体会到了遗憾能够赋予事物的惊人力量，不断地思索那些我没有去走的道路、没有去做的尝试。

1

讲述我的故事，用我自身的经历来阐释流徙、漂泊或者文化融合的主题——当时在很多人眼中仍是仅有学术用途的陈腔滥调——当然可以让我用很小的代价走出创新之路。这么做毫无风险。我的处境别具特色，些微异国情调恰好能让表述更加活色生香。我的人生路又具有相当的普世性，每个人只要做一点点修正就可以从中读出自己的故事。众多始料未及或可笑离奇的细节而外，说到底，也就是一个和其他童年相似的童年。

　　但我不屑于描述我的家、它的铁艺大门、一间间相通的长长的房间、花园中星形水池里的喷泉，我也不屑于用一些轶事来描绘个性鲜明的每一个家族成员。我真正想做的是——抛开细枝末节，用一种仍有待发现的办法——使这幢房子及其居民永久存在，在为读者的想象力提供参照的地点及人物链里添加新的一环。这个任务，我当然觉得无法胜任。再说，我甚至不知道该为这份追忆抹上何种色彩，因为我的情感仍然矛盾暧昧。我在摩洛哥度过的岁月，在我的记忆中时而宛如遗落的天堂，时而走向反面——我曾以"前流浪时代"或"糟糕的异国情调时代"来称呼。同样，五十年代中期，我孤零零地在灰蒙蒙的贫穷巴黎（扑鼻而来的还是战后的气息）落脚，也让我时而感觉像是回到了梦寐以求的应许之地,时而又像是尚未准备充分就痛苦地离乡背井。远离故土多年,再次拾起这种矛盾的心情,就等于公然承认仍未消化离别的哀伤——毕竟这项工作从未认真展开过。

其次,我不得不认为靠一部自传来打头炮是个令人担忧的症状。就着自己的童年顾影自怜绝够不上一项崇高使命。我想要的是先远远地迂回一下,投身一项不同寻常的创举,要有悖于我的天性,要尽量远离他人对我的期许,一项能让我在事后自豪得开怀大笑的大胆举动。完了以后,我才有资格优哉游哉地去写自己的童年。

老实说,当我鼓起勇气将思考进行到底,我不由认为所有形式的自白文学都应避免。探究自我,我窥测到了其中风险。一旦接近这片流沙之地,恶意就会占据上风,甚至拿出历史学家巨细无遗的劲头也只是为了掩饰一场丑角表演。还是场蹩脚的演出,那个自称"我"的人不断转变角色,就像在一本侦探小说中,作者既是受害者又是凶犯、调查者和证人,还附送扮演法官!自白之路充满了陷阱和圈套,我用一种报复性的狂热一一列举,根本没有考虑其中有些是否只要稍微努力一下就可避免。

时至今日，我仍然羡慕那些毫无保留讲述自己的人生并被奉为典范的人：如果他们有梦想，那他们的梦想就会是我们社会的梦想，如果他们感到焦虑，他们的焦虑就会变成我们时代的焦虑。他们只要开口说话，每个人就会立马在他们身上找到自己。至于我，我一直问自己，谁会想在我身上找到自己？我精心保留的记忆百无一用。它们所关联的世界几乎没人认得，现时也濒于死亡。为什么还要重现那个世界？为了谁？既然已经离开，我难道不是已经失去了以它的名义来讲述的资格？

认为某一天会有人——那些假定的读者——对此感兴趣让我感到可笑。他们不也拥有自己的回忆吗？他们不也禁锢在自己的条条框框中？我怎么就能用我的文字来克服他们的反感？且不提解除他们的抵抗，单是让他们走出正当的冷漠，又该采取何种破解心锁的技术？一个例子足矣：我永远无法让某个完全不懂希伯来语、不懂其发音和韵律的人体会到初秋一些盛大节日上的祈祷给我带来的音乐快感（近乎肉欲的快感，尽管那些时刻理应肃穆庄严），比起寻常周六的赞美诗，它们更加悦耳动听，更加壮丽恢弘。

我很快相信，只要对自己的受众一无所知，只要没遇到任何我们能对其要求做出反应、相信其鼓励、信任其评判的人，写作就是徒劳的。没有上述支持，因而无法履行一项基本功能——带来某种至少形式上的认可——我的人生讲述就没有任何用处。他人知道利用自己的过往——恣意地添油加醋、夸大其词——炮制史诗，尤其巧妙地把少量回忆和大量想象捏合在一起。而我所能造出的却只是另一个桎梏。

我无需同样小心翼翼地提防私密日记的危险。某种深思熟虑的反感早已让我远离日记，面对这种倏忽间便能摧毁一切的溃疡，我无法想象自己做出一星半点的退让。日记毫无约束、毫无形式、毫无规则可言，会丝毫不差地把我带往我不愿前往的方向：自恋和自满的温暖荒漠。阿米尔向我展示了这种操练的某些可笑之处：注水的细节，不计其数的鸡毛蒜皮，尤其还有对于惰性的逐步认可（并且还以为幼稚地对着自己棒喝几句就能对抗）。应付满身缺陷我已手忙脚乱，没有精力老记挂着不要再招来新毛病。我深知一旦起步，我就无法抵御诱惑，我会用力过猛，不断考虑讨好或攻击，随时随刻寻求根据定义并不存在的读者的暗中支持。不，毫无疑问，绝不能投身其中；在我看来，它最多只能算是作者俱乐部入学考试的一轮无休无止的补考。

2

我当然想到了一个解决方案：我只要意志坚决地选择虚构之路即可，只要我勇于投入想象，只要我大刀阔斧地斩断所有症结，只要我创造出能让我摆脱那些羁绊的主人公，只要我最终构造出，凭借我的耐心或技巧，一个能让我忍受自己的神秘形象。但临到操作关头，事情就变得没那么简单了。

自然，从最初的阅读起，我就开始代入到所有我自出心裁组合在一起的人物中（奥德修斯和鲁滨逊，约拿和格列佛，赫拉克勒斯和参孙，约伯和堂吉诃德），从而得以长久地纵横于多个天地。而随着我意外发现（如同往常一样翻阅我某位兄长的书籍的时候）寓意阐释的资源和宝藏，我又迈出了一大步。那就像是一道炫目的巨光。所以我那套破破烂烂的"故事和传说"丛书里主角们的冒险并非无谓！它们拥有意义：还不止，它们都在讲述我的事情，只讲我。一个故事教授了我傲慢和无礼，我下定决心不会忘记这一课（但我却迫不及待地那样做了）；另一个向我展示了外形的多样性可用于保护身份的同一性。我一一检阅这些传说中的先祖，毫不惊讶地发现自己和他们竟如此亲近。西西弗斯[1]、佩涅洛佩[2]、坦塔洛斯[3]，甚至面色苍白的达那伊得斯[4]……他们和我一样，都无法完成一个既定任务，同时却被不断重新开始的欲望所附体。

但久而久之，那些我自发代入的对象有了变化，并愈发明确起来。它们转移到了其他完全不同的方向上。我

---

1. 希腊神话中，西西弗斯被罚必须将一块巨石推上山顶，而每次到达山顶后巨石又滚回山下，如此永无止境地重复下去。
2. 荷马史诗中，奥德修斯征战特洛伊离家二十年，其在故乡的妻子佩涅洛佩为拒绝其他人的求婚伪称先要为公公织完寿布，但每天夜间将白天织好的布重又拆掉，以此拖延。
3. 坦塔洛斯是宙斯之子，后因故被宙斯打入冥界。他站在没颈的水池里，但当他口渴想喝水时，水就退去；他的头上满树是水果，但肚子饿想吃果子时，树枝会抬高，使他摘不到。
4. 希腊神话中埃及国王柏洛斯之子达那俄斯的女儿们。达那俄斯的孪生兄弟埃古普托斯有五十个儿子，他们强迫达那俄斯把五十个女儿嫁给他们。达那俄斯秘嘱女儿在新婚之夜杀死自己的丈夫，有四十九个女儿遵照执行，她们后来被罚在冥界永无止境地往无底桶里灌水。

开始发现我和所有真实或虚构的反英雄有相似之处：犹太聚居区中受人轻视的温和梦想家，被迫害的正直之人，纯粹因自身的纯粹而遭难的人，孤身对抗所有人的独行者，不为人知的天才，简而言之，所有五条腿的绵羊[1]，而旁人把他们当作害群之马，所有的雄鹰，而周遭短视者却将他们视作拖后腿的跛脚鸭。我珍爱他们，他们最终的凯旋自然也属于我。但是，面对某些局面的反转，我有时也会犹疑。当终极启示发生，当正直的无名者赢得了众人的认可，我并不总能感到满足。在那些奇迹般的结局中，我嗅出了明显属于作者的骗人把戏，它们和可能的真相并无必然联系。我突然发现我不喜欢这个只要说出某物某物就会被当真的魔法世界。

为我个人打算，我并不急于进入虚构的世界；那里太过自由，还有我深恐可能不得不滥用的某种权力。因为虚构同样有其危险：它扯去伪装，使人赤裸，比简单纯粹的坦白更险恶。那么，要如何行事才不会跌入惯于分析

---

1. 指世所罕见的奇人异士。

之人的网罟？我这样庄重地叮嘱自己说："当你下定决心要把自己创作的几页东西拿给其他人看，你要记得它们从此就不再属于你了。你的读者试图找寻的，不仅有你想要表述的，还有你想要隐藏的。他们的洞察能力胜过你的诡计多端；他们会看透你的花招、你的伪装、你的秘密。但是，最糟的并不是他们把你扒个精光，而是匆匆瞥上一眼你的样子，他们就很可能用任何立时便能满足他们的幻象来替代你。"而且，想到曾眼见连篇的蠢话泼在某些我珍重亲近的作者身上，我担心有一天我也会落入那些精明人之手，他们携着未打磨的解剖刀和生锈的烤架，自以为能够在一片沉默中觉察出一声喊叫，在缺失背后勘破某个迹象，在否认之中识破供认的蛛丝马迹。

我于是梦想着某种封锁严实的匿名，某种巧妙的化名处理，以让上述最机敏的探子也方向莫辨。我甚至着手完善一连串假想身份，不过到现在还几乎——有必要提起吗？——没有用武之地。我的方法再简单不过。我在设计每个名字的时候，并不把它看成一个面具，而是一个实验性质的我。如同一张一开始难看的脸经过外科手术变得更顺眼一些，这个实验性质的我会和谐地呈现我的若干特质，让读者产生错觉，以为是在和一个全新的人物打交道。所有这些假名，我会把它们像测风气球那样投放于世，并隐藏身形，观察它们的表现。我甚至对自己说，其实没什么能阻止我到最后永久地代入表现最优秀的那一个。因此，借口保护自己的身份，希冀我某些可能的面目能够独当一面，我差点就准备抛弃我的姓氏——这包袱有些天就像手里坠着个吊桶一样沉——或至少将我未来的作品和它做个彻底切割。

实际上，我所有的困惑都源自我仍停留在二十岁那会儿的陈旧意识形态上，还是把文学当作一种揭露。我那时还不明白——今天肯定在学校里就教孩子们了——一本书无需映照或记录先于它存在的事物。它存在，就是这样简单：可以凭空创造出来，毫无顾忌毫无保留，因为它唯一的存在理由就是它自身。为了绕过那些让我止步不前的障碍，我必须找到一种既不会误导也不会暴露作者的写作模式。一种总而言之能够自我生成的写作。

我到处都找遍了。

空白

Lacune

逃逸的思想，我想把它写下来；我写下的却是它从我这儿逃逸了。

帕斯卡

作者在此要向读者坦言他的极度尴尬。原本用于撰写本章的笔记不见了，而他，很可惜，既没有时间去把它们找出来，也没有气力去把它们回忆出来。敬请宽容的读者知悉，根据原先的计划，本章会是一次和读者的长谈（其实更准确地说，是一场争辩）。

作者终于准备解释一下自己的行文方式，这种方式导致他交出了一篇絮絮叨叨不断插入自我评论的文字。确实，动不动打断读者的阅读，就为了修正、重塑正在推进的内容，谁知道读者是否领情呢？总是加入微调——有时的确需要，甚至必不可少，但偶尔也太过细微，换一个不太严谨的作者（这类作者很多，尤其在我们这个时代）完全会忽略，不但无损于作品的整体和谐，甚至反而有益，习惯用玩笑来弱化每一个（或者几乎每一个）断言（从而在说起最尴尬的事儿的时候可以不太尴尬），以及迫切地用讽刺来化解每一处自白（仿佛我们长久以来不知道自我嘲讽只是一种形式上稍稍收敛的自以为是而已），所有这套手段到了最后难道不会彻底瓦解——这会在很多方面造成损害——那本来便有些不够清晰的最初陈述？

　　面对读者这些并不真正怀有恶意的批评，作者的辩解激情澎湃，真正可与旧时演说家的雄辩相媲美。

　　他清楚所有这些弱点，他说。但在他眼中，这篇文字并非一个密不可分的整体，也完全不应被如此看待。他从未宣称自己有过严密精准、无懈可击的论述。他不属于（说实话，他对此再清楚不过）那些显赫的巨匠，这些人娴熟的话语——洋洋洒洒的注释以无与伦比的优雅渗在其中（如同一场真正的盛会）——飞扬灵动，耍得读者不辨方向，只为不露痕迹地束缚他们。

　　再说他并未宣称他的讽刺（或者玩笑）完全无害。但至少，讽刺提供了一个理解角度，能告诉那些没能一眼看出的人,这里有条主线。除此之外,他准备承认他所说的一切没一点儿独创:重读自己的文字,不止一个片段让他感觉就像是年历上的双关语[1]那样"充满新意"。但那又如何?如果我们希望某些真相能存在下去,难道不该反反复复地重提吗?毕竟,事物的存在取决于某些人日复一日重建的努力。

最后,他继续说,他所期望的,是在那些直到此刻仍能平心静气从事文学创作的人心中引发困惑、不适——不管多轻微,不管多短暂,同时为苦于无法写作的人送去些许安宁。

激情澎湃的争辩浓缩为这份简短的概要,至少应该能让读者毫无阻碍地进入下一章的阅读吧。

---

1. 法国人约瑟夫·韦尔莫(Joseph Vermot,1828—1893)于1886年开始发行的年历里,每页上都会有一些实用信息、笑话和双关语。

最后的话

Dernier mot

……一本是书的书,有书的结构,并且深思熟虑,而不是灵感乍现的合集,不论那些灵感有多美妙。

马拉美

为什么一本书达不到满足其写作需求的水准?

豪梅·比森斯[1]

1. Jaume Vicens Vives(1910—1960),西班牙历史学家、作家。

这像极了一本书的部头——因为不管怎样，它是围绕一个主题展开的各个章节合并在一起的产物——我们差不多接近它的尾声了。我斗胆说句，书写这些纸页并未遭遇它们每页都在喋喋不休谈论的任何（或几乎任何）困难或障碍。所以，请理解我此刻重提第一章就下过的按语（但有人或许记得，我那时并没有给出理由）：这不是一本书。因为，很容易就能觉察，您作为读者正拿在手里的物件，无法媲美长久以来我心心念念，一直心有不甘，无法完全释怀的那本书。那本渴望之书，它光彩夺目，庄严隆重，和万千希望紧密相连。因此在我看来，就算是为了保护语言，同一个文字符号也不应指代两种如此异质的事实。除非承认——那将产生无穷的纠葛——这只是一例（不幸的）同音异义……

不过，既然读者在我评述那些假想的书籍时愿意跟随我的脚步，他或许也会原谅我在此就这本实打实存在的非书籍的起源给出些许解释。

1

总之，我后来认同，一本书的作用不在于无效地重复现实，而是通过其他途径来延续现实。我的当务之急是找到这些途径。

上上之策当然是把语言本身的含混和缺陷这两种行家手中的武器——被很多人所忽略但甚是可怕——指向文学。我决定，我的气力将主要用于以我自身语言使用者的花招来应对写作的圈套（或更确切地说，应对写作讥诮的刁难），现在我会以圈套对圈套，欺诈对欺诈。斗争或许会变得势均力敌。

我无视最崇高的禁忌，甚至把这种违抗引为方法，我大肆冒犯，任意亵渎，将极端的幼稚混入极端的严肃——诚如在我之前踏上这条道路的前辈所为，他们数量之多超出我的想象。姑且卸下我的宏伟计划，我重温起那些基础知识。我依靠最基本的元素来写作：字母或音节，数字或是普通的标点符号。基于此，我索性宣称取消所有边界：单词之间，句子之间，纸页之间，作品之间。于是，在我最稔熟的文章中，开始浮现出空白、裂痕、缺失、空虚，突然它们愈变愈多。我急急忙忙把它们糊上，用那些靠各种手段挪用得来的大量晦暗不明的单词。

  我因而发现，只要对它稍微表现出一点欢迎，一个单词就从不孤身而至。它会拉上同宗同族——它那些词意和词音上的亲戚，它们显然迫不及待，只等哪个伙伴打开缺口便蜂拥而入。我听任它们折腾，甚至还会搭把手，千方百计为它们拓路，把它们推推搡搡赶上去。我大笔一挥，把尴里尴尬但无能为力的雨果老爹变成了不起眼的跟班，仿制格言的卑微供应者，一个汲取诗段的巨型语库。还有拉辛，他微妙周折的言语是如此精致，我把他当作一片韵脚的墓地。我想去寻找埃德加·爱伦·坡的床，然后向人们揭示它只可能位于他的阅读室。与某位杰出的伙伴——内行的伙伴，他后来很快成了大拿——搭档，某些日子，我还从一座旧气十足的教士宅邸（但依旧优雅迷人，坐落在一个漂亮的种植花草的园子里）起出一队数量可观、肩并肩的劳动者[1]，甚至以一页著名的论证，证明有两种解读的les lettres du blanc里只有les blancs de la lettre[2]。

不顾最神圣的指令，我要用全新的方式来破坏句法结构，因为我在最不通畅的表达、最不协调的片段中找

---

[1] 本段影射了几种乌力波文学的创作手法。此处指贝纳布与好友、作家乔治·佩雷克（Georges Perec，1936—1982）用"义素定义文学"（littérature sémo-définitionelle）手法进行的一项练习。"定义文学"（littérature définitionelle）本是格诺提出的一种手法，做法是用词典里单词的定义对某简单陈述中的实词进行多轮替换，从而形成体量大增的新文本。格诺的手法比较机械，"义素定义文学"的操作更自由，最终在意义上也会完全不同。本例中，他们分别将法国作家加斯东·勒鲁（Gaston Leroux，1868—1927）《黄色房间的秘密》中的名句"神甫的房子魅力丝毫不减，花园也如从前一般赏心悦目"和"全世界无产阶级，联合起来！"这句口号改造为各种风格的名人名言，证明两者最后殊途同归，可归结于同一个表述。

[2] 这一例子来自雷蒙·鲁塞尔的《我如何写作自己的某些书》。鲁塞尔称他的一种写作方式是准备两个形式相近但意义不同的句子，以其一为开头，另一句为结尾创作一则故事。他举的例子就是Les lettres du blanc sur les bandes du vieux billard（旧台球桌桌沿上白粉笔写的字母）和Les lettres du blanc sur les bandes du vieux pillard（白人关于老强盗的匪帮的那些书信）这两句话。贝纳布和佩雷克通过"义素定义文学"手法证明这两句话都等价于Les bandes de la lettre sur les pillards du vieux blanc（关于老白人强盗的那封信的封条），因此它们也完全等价。

到了意义。我渐渐习惯了偷偷摸摸地挪用最简单的表达和短语,从它们的通用意义中重新锻炼出全新的意义为我所用。我特别想用用那些通常只有花心思严严实实锁入引号的牢墙后才具备意义的单词。

就像格诺从《谈谈方法》中提取出了《狗牙根》[1]的内容,我打算把一篇修辞学论文改造成冒险小说,把一本大名鼎鼎的课外阅读文选改头换面成爱情故事。我还要把这种实验扩展到所有类型的书籍:词典、百科全书、年表,对了,为什么就不能有年鉴和电话簿呢。我有时会苛责自己过于痴迷戏仿:为什么要执着地没完没了地重复已然死去的形式?但是,我反复告诉自己,在亲手杀死一点某种形式之前,谁能肯定它真的已经死了?

康复的欣快充盈我全身,我突然感到我能飞翔了。全都结束了,懈怠、麻痹、懒散、惰性、疏懒、没精打采、昏昏欲睡、迷迷糊糊。像是有一团火吞没了我:一团花了很长时间才燃起,并且我热切期待要花上同样长的时间才

---

[1]. 格诺发表的第一部小说,出版于1933年,并于当年获得了第一届双叟文学奖。

会熄灭的火。我挥一挥手，同时甩掉了天真的抒情和玩世不恭。我甚至不再觉得为了引人大笑，我必须先要嘲笑自己。

从此我下定决心不再严肃对待任何事物，除了嘲讽。我真诚地相信，我只需出书就能在文字中显现为一个特出的个体。

偶然和友谊完成了余下的事。

2

于是，我给自己提了个在我看来不寻常的问题，然后出发寻找可能的答案。我起初以为这场追寻不会有趣味的发现（所以迟迟没有行动起来）。因为诊断相当容易：这几乎是一例经典的怠惰，逃避刻苦创作，无法严肃对待自己的欲望。我们可以冠之以一堆多少有些恼人的名称；最不残酷的或许是福楼拜差点用作《情感教育》书名的那个：僵果。毫无疑问，生长困难无法成熟的果子，我既不是第一个也不是最后一个。

如果按照我最初的构思，这本书的结局估计有点悬：绵绵不绝的长篇大论，围绕着几个基本命题，但没有一个能稍稍吸引我，如果我是读者的话。

接着，我注意到可能还有别的，我忽然明白了这个显而易见的事实（显然此前一直没想到）：在写作的个人行为和出书的社会事实之间隔着无限远的距离。而这些年中，我的主要作为是尽情地利用写作，不是为了生产文学，而是延迟其生产。拐弯抹角，徘徊迁延，不停地拒斥可使人安心的一切，这就是我做的事，再无其他。在这样的情况下，该如何跨过我和书之间的距离？

我本可把自己置于阿尔托[1]的庇护之下，在《灵薄狱之脐》的开场白里为我的计划找到依据："当其他人拿出作品，我却只想展现我的精神。"但我更想找到一种方式，把这些年中围绕同一主题创作的大量参差不齐的片段糅合到一起，进行高度萃取，得到几页我希望会是强劲的

---

1. Antonin Artaud（1896—1948），法国戏剧理论家、演员，诗人，残酷戏剧理论的提出者。《灵薄狱之脐》是他出版于1925年的作品。他曾回忆说"我靠着写书讲述我完全无法写作而开始了文学生涯，当我有些话要讲或要写，我便再也无法进入我的思想[……]有两本非常短小的书写的就是这种思想的缺失：《灵薄狱之脐》和《神经秤》"。

内容。同时我期待得到的作品能在任何时候都让人感觉一切皆有可能，它的意义不会来自作者的某个决定，而将是一种内在发展（没有任何迹象显示它有完结的那一天）的结果。

一个答案终于显现出来。

为我主要的不安事项（写或不写）赋予具象，这会是走出——哪怕一点也好——周而复始的木僵和停滞的办法吗？或许是向着某种次要的掌控形式迈出的一步？普鲁斯特本尊似乎就被写不出"自己的书"的念头困扰着，全凭不断念叨这一恐惧在自己的故事中前行。

因此，写自己想写作，那已然是写作。写自己无法写作，那仍然是写作。或此或彼，都是实现反转的方式，它们促成了众多大胆尝试：把外围当作中心，把次要当作精髓，把废石料当作拱顶石。于是我明白了自己该做什么：使上一把力，让那些并不真正存在的书在虚构层面存在，由此，让一本探讨这些虚构之书的书真实存在。总之，肖似笛卡儿得出我思故我在所采用的思路：我在证明我写作不能的同时，发现自己成了作家，这本书的素材就来自我那些没能实现的著作的空缺。这是反败为胜的绝佳例子，是把一连串失败变成成功之路的辩证法奇迹。我们已经听够了西西弗斯练出了肌肉[1]！

---

1. 法国诗人瓦莱里的格言：没有无用的努力。西西弗斯练出了肌肉。

向读者告别

Adieu au lecteur

这个结尾在您看来有气无力,读者?可又有谁懂得该如何收尾呢?和您一样,作者并非不知最后几行字,论起重要性来,完全不输最初的几行字。但一味堆砌结束语又有何用?这世上所有花招都无法终结眼前这些卷章,它们也不可能终结。

"啊,再坚持一会儿!"您会说,"就一小会儿,然后我们就饶过您。"

好吧,这么说吧,再不济,这个文本可以被看作一部十分传统的小说。它难道不是在讲述一次不断推迟的约会,一段周折坎坷的爱情,镜花水月,空留遗恨?一段不幸的,可能最终不可能的爱情,它的作者和某个文学理念之间的爱情。

图书在版编目（CIP）数据

我为什么自己的书一本都没有 /（法）马塞尔·贝纳布著；黄雅琴译.
-- 上海：上海文艺出版社，2020
ISBN 978-7-5321-7812-4
Ⅰ.①我… Ⅱ.①马… ②黄… Ⅲ.①随笔-作品集-法国-现代 Ⅳ.①I565.65
中国版本图书馆CIP数据核字(2020)第214513号

著作权合同登记图字：09-2020-042

Pourquoi je n'ai écrit aucun de mes livres
Copyright © Éditions du Seuil, 2010
Series « La librairie du XXIe siècle », under the direction of Maurice Olender
A first edition of this book was published by Hachette, series « Textes du XXe siècle » in 1986,
and then by PUF, series « Perspectives critiques », in 2002.
Simplified Chinese edition copyright © 2020 SHANGHAI LITERATURE & ART PUBLISHING HOUSE
All rights reserved.

本书得到法国对外文教局图书资助计划的支持。
Cet ouvrage a bénéficié du soutien des Programmes d'aide à la publication de l'Institut français.

发行人：毕胜
责任编辑：赵一凡

封面设计：朱赢椿

书 名：我为什么自己的书一本都没有
作 者：（法）马塞尔·贝纳布
译 者：黄雅琴
出 版：上海世纪出版集团 上海文艺出版社
地 址：上海市绍兴路7号 200020
发 行：上海文艺出版社发行中心
上海市绍兴路50号 200020 www.ewen.co
印 刷：常熟市华顺印刷厂
开 本：889×1194 1/32
印 张：4.875
字 数：60,000
版 次：2021年1月第1版 2021年1月第1次印刷
I S B N：978-7-5321-7812-4/I.6202
定 价：39.00元

告读者：如发现本书有质量问题请与印刷厂质量科联系 T：021-59404766

1. Maurice de Guérin（1810—1839），法国诗人、作家。

我差点并不知道俺有一页重要的秘密，直入我们靠心灵去接纳了如此庞杂的信息，还不至于难能可贵信的残存把这些篆书投入其中。

真面目·诺·菜引，《俗永井》